KB259815

한 여자

한 여자

안도섭 장편소설

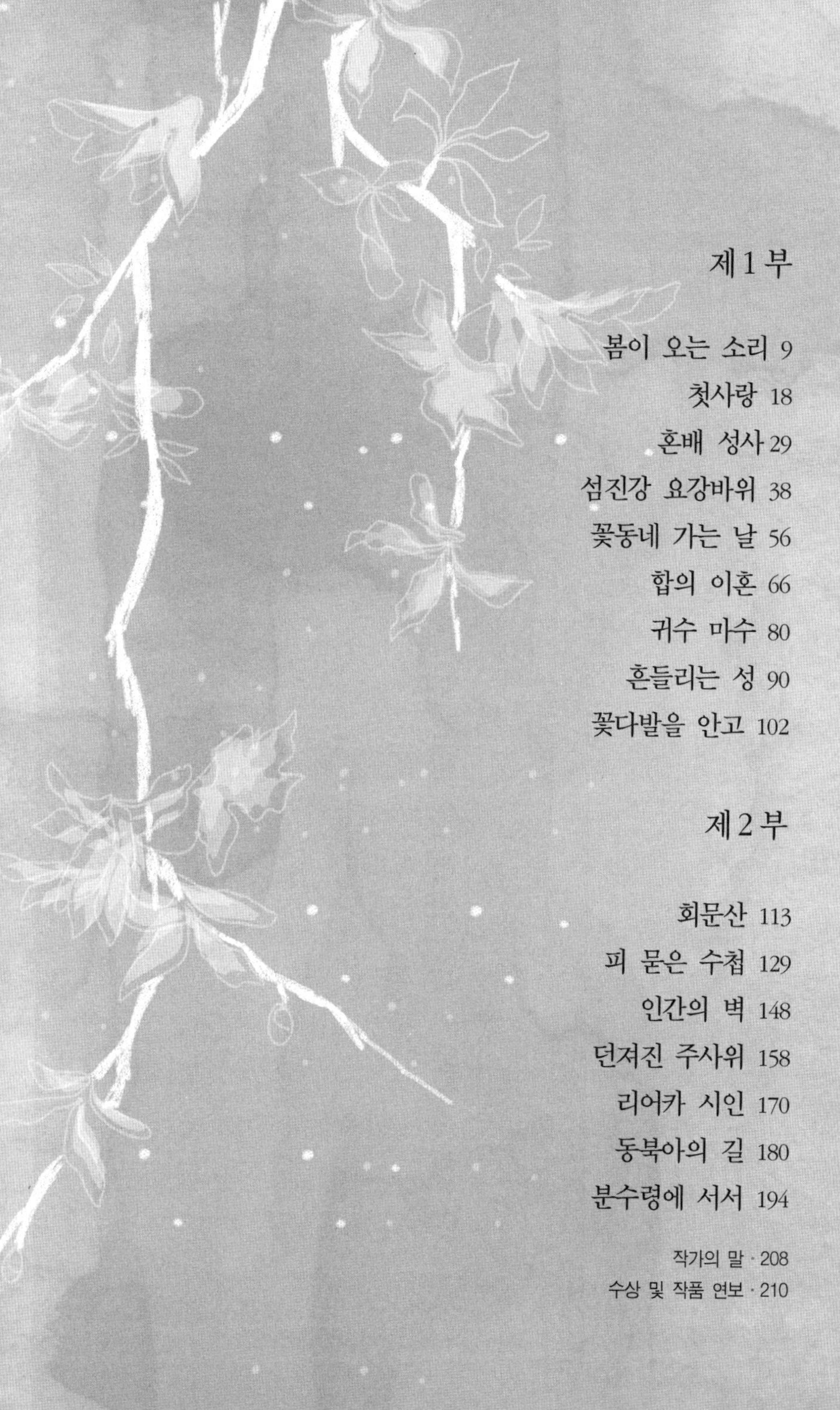

제 1 부

제 2 부

제 1 부

봄이 오는 소리

기나긴 겨울이 가고 꽃샘바람이 강천산 재를 넘나들 즈음이다. 웬 제비 한 쌍이 추녀 밑에 둥지를 트는지, 지푸라기며 진흙덩이를 부지런히 입부리에 물고 오기를 며칠째 계속하더니 제비집을 짓고 나서 생긴 일이다.

하루는 텃밭에 나가 매화나무 종묘를 손보고 돌아오던 해거름께, 현관 바닥에 둥지 하나가 나뒹굴어 있었다. 대번에 그것이 제비 둥지임을 알 수 있었다.

몇 해, 아니 햇수를 헤아릴 수 없을 만큼 오랜 동안 모습을 감추었던 제비가 어느 날 날아들어, 마리아는 경이의 눈으로 지켜보고 있었는데, 그토록 지극정성으로 짓던 둥지가 허물어져 내린 것이다.

그녀가 사는 이 지북리 마을은 백 호 남짓한 큰 마을로, 둥지를 짓기에 좋은 흙벽집도 많건만, 그녀의 벽돌집 추녀 밑에 둥지를 트느라 갖은 애를 다하더니, 그 둥지가 며칠을 견디지 못하고 현관 앞에 나뒹굴어 있었다.

그런 며칠 뒤에는 추녀 밑 벽돌 벽에 감쪽같이 둥지가 지어지고 이른 아침부터 제비 한 쌍이 '지지배배' 흥얼이며 둥지 안팎을 들랑날랑하고 있었다.

마리아는 기특한 생각이 들어 이웃집 할배에게 사연을 늘어놓았다.

"할배, 우리 집은 웬 제비가 둥지를 틀었어요."

"무슨 제비가?"

"금매, 제비 한 쌍이 날아와 추녀 밑에 둥지를 튼다고 법석이더니 그것이 내려앉고 며칠 있다 본께 또 집을 말짱 지어놨지 뭐요."

"전주댁은 복이 쏟아질랑 개비."

"그럼 누가 마다하겠소."

"옛말도 못 들었는 개비. 흥부는 제비 다리에 약을 발라 헝겊으로 휘감아 줬더니, 아 그놈이 이듬해 박씨를 갖다 주어 부자로 살았다는 얘기도 있잖우."

이웃집 할배가 농으로 하는 이야기지만, 그럴 만한 사연이 있었다. 수십 년 전엔 삼월 삼짇날이 되면 으레 제비가 날아들어 이 집 저 집 추녀 밑에 제비 둥지를 짓는 것은 예사로운 풍경이었다. 하지만 그 흔했던 제비가 희귀종이 되어 천연기념물 후보에 오르게 됐다. 1987년 1헥타르 당 2340마리였던 제비가 97년엔 155마리로 줄어들고 말았다. 꽃샘 때면 어김없이 제비가 돌아오던 철새였다.

그러던 제비가 이제 희귀조가 되어 그것도 5월에나 돌아왔다. 돌아오는 제비의 수가 99프로 가량 준데다 철새 도래일도 10여 일 이상이나 늦어진 것이다. 이렇게 도래일이 늦어진 제비는 먹이 부족으로 번식을 잘 못하는 생물학적 엇박자 때문에 자체 수마저 크게 줄어든 것이다.

그런데 흥미로운 것은 도래일이 빨라진 곳이 있다. 제주, 고흥, 장흥, 영천, 군산 등 살기 좋은 여러 곳은 제비가 일찍 찾아든단다.

그 후 마리아 집에는 제비 새끼가 알에서 깨어나고 어미제비가 먹이를 잡으러 나간 사이 괴이한 일이 벌어졌다. 동틀 무렵 마리아는 뜰 한 켠에서 줄넘기를 하고 있는데, 샘 등에 시커먼 것이 바람에 흔들리고 있었다. 자세히 보니 전깃줄에 대롱대롱 매달린 제비 새끼가 거미줄에 친친 감겨 있는 것이 아닌가.

아뿔싸, 거실로 뛰어든 그녀는 긴 청소막대와 의자를 들고 나와 그네처럼 흔들리는 거미줄을 끄집어 내렸다. 그때까지 제비 새끼는 작은 공 크기의 거미줄에 친친 감기어 그 속에서 옴짝달싹 못 하고 있었다. 마리아는 거미줄에 감겨 있는 제비 새끼를 꺼내 몸통과 날개깃에서 끈끈한 거미줄을 떼어내는 데 애쓰는 중이었다.

이때 먹이사냥에서 돌아온 제비 두 마리는 새끼에게 무슨 위해를 가하는가 싶어 집안 뜰을 가로세로 날면서 귀가 따갑도록 짹짹거린다.

"내 새끼 어서 내 주오. 착한 내 새끼, 내 새끼요! 당신은 착한 사람, 남 위해 사랑을 베푸는 사람이라면서 왜 내 새끼를 놓아주지 않소?"

이런 말로 들리는 제비 한 쌍의 격한 항의에 그녀는 할 수 없이 제비 새끼를 들고 거실에서 나와 '위해'를 하지 않는다는 것을 보여 주고, 청소기 머리 너풀거리는 헝겊 위에 그 놈을 얹어 의자에 올라서서 제비집에 올려놓으니 그때까지 숨죽이고 있던 놈이 후딱 날아 제 둥지 속으로 뛰어내렸다.

그러자 하늘을 이리 저리 휘젓고 있던 제비 한 쌍은 고맙다는 듯이 긴 꼬리를 흔들면서 새끼가 든 둥지로 날아든다.

"야 제비들아, 옛날 옛적 다리에 상처 난 제비를 약 발라 헝겊으로 감아 하늘로 날려 보낸 흥부에게 금은보화로 보답하여 행복하게 살았다는데, 내게도 로또복권이나 하나 가져다 주래이. 나 혼자 잘 살라는 거 아냐. 내 꿈은 무료식당 하나 차려 끼니 굶는 노인, 장애인들 굶기고 싶지 않아 해보는 소리야. 늬들 알았제."

제비에게 건네는 그녀의 진반 농반의 혼잣소리는 무슨 타령처럼 외는 말이었다. 그런데 그 말을 알아들었다는 듯이 둥지에선 "지지배배 지지배배." 하고 화답하는 것이었다.

그녀가 이 마을에 이사 온 지는 3년째가 된다. '마리아'라는 세례명을 얻은 그녀는 "얻어먹을 수 있는 힘만 있어도 그것은 주님의 은총입니다."라고 자랑스럽게 여기는 '꽃동네' 회원이다. 누군가에게 도움을 줄 수 있다는 기쁨으로 그녀가 살아온 지도 어언 10여 년이 넘었다.

그녀는 귀염둥이 딸로 자라 세상을 모르고 자랐으니 교동버릇이 몸에 밴 소녀였다. 아버지 황석주는 살림이 여유로운 이씨 가문의 데릴사위로 들고, 어머니는 그 집안의 두 딸 중 맏이인데, 이모는 언니가 아들만 낳는다고 투정을 했었다. 손위 오빠 뒤에 그녀가 태어나자 이모는 그 아이를 등에 업고 도시 땅에 내려놓을 생각을 안 했다.

그녀의 아명은 예쁜이요, 이름은 귀례. 귀하고 예절 바르라고 어느 작명가가 지어준 이름이다. 귀한 아이가 위험도 더하다고 예쁜이는 아이 적에 홍역을 치르는 데 고열로 숨이 끊겼다 살아난 적이 있어, 훗날 고향에 가면 죽었던 아이가 온다고 반기던 할머니가 있었다.

황석주는 일찍이 아이들 교육을 위해 전주로 이사를 했었다. 그러나 사업이 여의치 않아 실패를 본 끝에 귀향을 하지 못하고 칠남매를 이끈 채 진안 새마을로 삶터를 옮겼었다.

일제하의 농촌은 어디고 살림이 구차하였다. 해마다 보릿고개가 닥치면 감자나 꽁보리밥이 예사요, 아낙네들은 산으로 들로 나가 쑥부쟁이, 고사리, 냉이 등을 캐다가 보리밥에 얹어 시장기를 달래야 했다. 이런 가난 속에서도 예쁜이는 보리밥이 싫다고 떼쓰면 밥

그릇 한쪽에 흰쌀밥을 얹어주어야 수저를 들었다.

그 시절에는 동네에 약장수가 나타나 장구치고 노래를 부르거나 만담을 늘어놓으면 아낙네 서껀 동네 아이들은 신이 나 학교 공부가 끝나기 바쁘게 약장수의 굿판을 보러 우르르 몰려들었다. 산골을 찾는 약장수는 만능 예술가로, 약 팔기 전에 장구치고 '각설이타령'을 부를라치면 그 장타령에 담긴 노랫말이 익살스러워 껄껄 웃으며 손뼉을 쳐댔다.

그 구수한 장타령 두 절만 들어보자꾸나.

얼씨구나 잘한다
품바나 잘한다
작년에 왔던 각설이
죽지도 않고 또 왔네
아흐 이놈이 이래도
정승 판서의 자제로
팔도 감사 마다고
돈 한 푼에 팔리어
각설이로만 나섰네
저리씨구 저리씨구 잘한다
품바나 잘한다

(한 자리 건너뛰고)

뜸물통이나 먹었는지

기름통이나 먹었는지
미끈미끈 잘한다
걸직걸직 잘한다
대목장을 못 보면
겨우살이 벗느냐
저리씨구 저리씨구 잘한다
품바하고 잘한다

이렇게 흥을 돋우던 약장수가 한바탕 굿판을 벌이며 약을 팔고 떠나면 동네는 또다시 죽은 듯이 조용해진다.

그런데 다음날엔 아이들이 모여 약장사 흉내를 내어 연극을 꾸몄다. 귀례는 으레 공주 역을 맡거나 '흥부전'을 할 때엔 흥부 역을 맡았다.

그녀가 진안초등 5학년 때의 일이다. 단풍철이 되자 전교생이 마이산으로 소풍을 갔다. 이 산은 멀리서 보면 참 희한한 모습을 하고 있다. 서로 닮은 두 개의 봉우리가 우뚝 솟아 있는데, 말의 귀를 닮았다 하여 마이산馬耳山이라 불렀다.

남쪽 사면으로는 섬진강의 발원지인 데미샘이 있고, 북쪽 사면으로는 금강이 발원하는 곳이다. 둥근 모양을 한 것이 암마이산, 뾰족한 동쪽 봉우리는 수마이산이라 하는데, 암수 두 마이산 사이에는 4백 48개의 층계가 있고, 수마이산 중턱 화강암에는 약수가 솟아 검은 암봉이 습기에 젖어 물방울이 뚝뚝 떨어진다. 마이산 아래 있는 80여 개의 돌탑으로 된 탑사는 신비한 모습을 보여 관광객이 끊이

지 않았다.

단풍철을 맞아 진안초등생들이 가을 소풍을 온 것이다. 그날 이웃 상전면의 초등생들도 단풍놀이를 와서 자유 시간을 얻어 두 학교 남녀 학생들이 한데 어울리게 되었다.

귀례는 친구들과 점심을 먹고 마이산 중턱 약수터를 찾아 가는데, 둘레에서 물장난을 하고 있던 상전초등 남학생이 말을 걸어 왔다.

"너 어느 학교냐?"

"보면 몰라, 진안초등이야."

"몇 학년?"

"5학년인데 넌?"

"난 졸업반이니 오빠라 불러."

"첨 보면서 뭐……."

"나와 구경이나 다녀올까."

남학생이 앞장서자 귀례는 스스럼없이 그의 뒤를 따랐다. 80여 개의 돌탑으로 된 탑사를 보자 남학생은 손가락을 가리키면서,

"넌 이 산 첨 왔지?"

"응."

"난 두 번짼디 저기 보이는 탑사를 봐라. 옛적 처사 한 분이 계셨는디 하늘의 계시를 받고 돌탑으로 쌓았다는 이 절은 사람들의 발길이 안 끊긴다더라."

“그래서 우리도 가을 소풍 왔잖아.”

귀례가 말하자 그녀의 초롱초롱한 눈을 바라보던 남학생은 잊었다는 듯이 물었다.

“너 이름이 뭐지?”

“황귀례.”

“난 최규석이야. 우리 이름을 외어두고 다시 만나기로 하자.”

두 아이는 헤어지기가 아쉬웠던지 서로 새끼손가락을 걸고 다음 번에 만나기로 약속하였다.

첫사랑

귀례가 진안중학에 다니던 3학년 시절이다. 개교기념일을 맞아 학예부의 연극 발표회가 있었다. 교실 두 개의 칸막이를 터서 만든 무대로, 학생들은 바닥에 픽석 앉아 무대를 바라보고 있었다. 이 학교는 지난해 고등학교가 병설되어 중학은 남녀가 한 교실에, 고등부는 남녀 각반으로 학급 편성이 되었었다.

그날의 연극은 '흥부전'이다.

등장인물 변사또(성기호-고등부 학예부장) | 놀부(강기옥-고등부 학예부
차장) | 흥부(황귀례-중등부 3년, 남장 배역) | 흥부 아내(임선홍
-중등부 학예부) | 여인(홍인순-중등부 무용부)

때 근대

막이 오르면 성기호가 구수한 목소리로 변사또 역을 맡는다. 놀부
는 강기옥이 맡고, 남장을 한 황귀례가 흥부 역을 맡는데, 그의 아
내 역을 임선홍이, 여인 역을 무용부 홍인순이 각각 맡는다.

변사또 경상·전라 양도 간에 형제가 있는디 놀부는 형, 흥부는
아우라. 옛날 전라도 남원 살던 심사 고약하여 부모의
문전옥답 독차지하고 심성 고운 아우 흥부 조롱하기 일
쑤렷다. 놀부 심사 볼 것 같으면, 초상난 데 춤추기, 불
나는 데 부채질하기, 빚값에 계집 뺏기, 아해 밴 계집 배
차기, 갓난아기 똥 먹이기, 무죄한 놈 뺨치기, 우물 밑에
똥누기, 올벼논 물 터놓기, 잔치 밥의 돌 퍼붓기, 패는
곡식 싹 자르기…… 하여간 이놈의 심술이 이러하되 부
자라 호의호식 하는고나. 흥부는 집도 없어 집을 지으려
고 집 재목을 내려가려면 첩첩 산 들어가 나무그루 와루
통탕 베어다가 대청 행랑, 안방의 살미닫이 창 입구 자
로 지은 것이 아니라, 이놈의 집 재목을 내려고 수수밭
틈으로 들어가서 수숫대 한 뭇을 베어다가 안방 대청,
모말집을 짓고 돌아보니 수숫대 반 뭇이 그저 남았고나.
방안에 드러누워 기지개 켜면 발은 마당으로 가고 대가
리는 뒤꼍으로 더듬어 나가고 엉덩이는 밖으로 나가니
동네 사람이 출입하다가 "엉덩이 불러 드리소." 하는 소
리 듣고 깜짝 놀라 대성통곡 울고 나서 흥부 나섰것다.
흥 부 애고답답 설운지고. 어떤 사람 팔자 좋아 고대광실 좋은
부귀공명 누리면서 호의호식 지내는고. 내 팔자 무슨 일
로 말 많은 오막집의 지붕 끝에 별이 뵈고 설워라 헌자
리 벼룩, 빈대놈 피를 빨아대고 앞문에는 살만 남고 뒷
벽에는 외만 남아 동지섣달 한풍이 살 쏘듯 들어오고 어

린 자식 젖 달라고 자란 자식 밥 달라니 차마 설워 못 살
겠네.

변사또의 능청맞은 흥풀이라니.

변사또 아, 그적에 강남 갔던 제비 한 쌍 흥부 집 처마 밑에 집
을 지었겠다. 꽃샘 지나 찾아온 제비 맞아 반기는 흥부.
놀부 집에 제비 한 쌍 날아들어 지지배배 인사하며 처마
밑 둥지 틀었건만 심뽀 사나운 놀부 싸래기 빗질로 제비
집 허물어 버리니, 고얀지고 고얀지고. 하지만 심성 고
은 흥부는 강남 제비 반겼것다.

흥 부 오냐 오냐 잘 왔다. 나랑 같이 살자꾸나.

변사또 달포 자난 어느 날이었네. 새끼 먹이 위해 고개 넘어간
제비 한 쌍 날아와서 암제비 둥지에 드는데 수제비 전선
줄에 대롱대롱 매달려 있지 않은가. 흥부가 가까이 가도
꼼짝 않는 것이 이상타 싶어 흥부는 슬그미 다가가 제비
를 손에 넣고 보니 왼발에 상처 난 것을 보고, 방안에
들어 약장사한테 산 고약을 꺼내 제비 발에 바르고 헝겊
으로 상처 난 발가락을 친친 감아 주었네. 그때까지 흥
부에게 온몸 맡긴 채 속으로 갈갈거리던 수제비가 헝겊
을 감아주자 살며시 그의 손을 빠져나가 처마 밑 둥지로
날아갔지. 둥지에서 그 광경 지켜보던 암제비도 반기는
지 지지배배 지지배배 연거푸 기쁜 노래 불렀네. 그리고
어느 날 보니 수제비의 발가락이 다 나은 듯 먹이사냥
다녀오며는 꼭 전깃줄에 앉아 있다 흥부에게 뭐라 지저
귀고 나서 제 둥지로 들었네. 가을 들어 제비는 강남으

로 떠나가고, 이듬해 개나리 필 무렵일까. 작년의 그 제
비 처마 밑에 찾아 들더니 하루는 '박씨' 하나 떨어뜨려
주니 하늘의 도우심인가. 그의 타령 한 번 들어 보시게.

흥 부 옳다, 이것이 박씨로다. 날을 받아 담장 아래 이걸 심어
두었더니, 삼사일 만에 순이 나서 마디마디 잎이요, 줄
기줄기 꽃이 피어 박 네 통이 열었는데 대동강의 큰 배
같이 덩그렇게 달렸구나. 이 달 저 달 지나가고 팔구월
다다라서 아조 딴딴해졌으니 박 한 통을 따놓고 아, 금
매 슬근슬근 톱질이야, 당기어 주쇼 톱질이야. 아, 슬근
슬근 톱질이야. 툭 타놓으니 대목과 오곡이 나온다. 명
당의 집터를 닦아 안방, 대청, 행랑, 몸채, 내외 분합,
물린퇴, 살미살창, 가로다지 입구자로 짓고, 양지에 방
아 걸고, 음지에 우물 파고, 울안에 벌통 놓고 울밖에 원
두 놓고 온갖 곡식 다 들였네. 동편 곳간에 벼 오천 석,
서편 곡간에 쌀 오천 석, 두태잡곡 오천 석, 참깨들깨 각
삼천 석, 또 온갖 비단 다 드렸네.

흥부 아내 여보쇼, 그대나 나나 옷이 없으니 비단으로 온몸을 감
아봅서. 덤불 밑에 조고만 박 한 통을 따서 쪼개시라.

흥 부 그 박은 쪼개지 마소. 내 복의 덕이니 내 손수 따보겠네.

변사또 헌데 박에서는 어여쁜 여인이 나오며 흥부에게 절을 하
니 흥부 놀라 물었것다.

흥 부 뉘라 하시오?

여 인 내가 비요.

흥 부 비라 하니 무슨 비요?

여 인 양귀비요.

흥 부 그런 양귀비 어찌하여 왔소?

　여　인　강감황제가 날더러 그대의 첩이 되라 하시기에 왔으니
　　　　　귀히 보쇼서.
　흥　부　그럴 양이면 황제께오서 로또복권이나 하나 보내실 일
　　　　　이제, 애꼬 저 꼴을 누가 볼꼬. 내 진작 따보지 말라 하
　　　　　였지……
　변사또　일동 배꼽 잡고 퇴장하세 그려!

　개교 기념을 위한 학예부의 연극 발표가 있은 후 어느 날 오후, 가방을 챙긴 귀례가 마을 어귀에 이르렀을 때다. 거기엔 백년 넘은 느티나무가 서있는데, 그 나무 밑 평바위에서 누군가 일어서며 아는 체를 했다.

　"왜 늦었니?"

　눈을 크게 뜨고 보니 최규석이 빙긋이 웃고 서 있었다.

　"오빠가 어떻게 여길……."

　"응, 우리 집 진안으로 이사 왔어. 학교도 진안고교로 옮기고."

　"그랬어?"

　귀례가 놀란 표정을 짓는 것도 무리가 아니었다. 마이산 소풍 때 처음 만난 후 어언 수년이 지나 있었으니 말이다.

　"늬 흥부 노릇 잘 하더라."

　"오빠가 어떻게 그걸 알아?"

　"내가 진안고에 전학한 직후 그 연극을 보았거든."

　진안중학에 고등부가 병설되면서 여자반이 하나, 남자반이 두 학

급씩 신설되는데, 그가 편입해 온 것이다.

"우리 학교 선배가 되었네."

귀례가 생긋 웃자 규석은 멋쩍은 웃음을 흘리며 말했다.

"우리 뒷등에 가서 얘기 좀 나눌까."

"나 집에 가방 두고 올게. 천천히 그리로 가고 있어."

최규석이 뒷등에 올라 흔들바위에 앉아 있을 때 그녀가 헐레벌떡 달려 왔다.

"오빠 이사 온 동네가 어디야?"

"석산리 윗마을이야."

"나도 그 마을 가본 적 있어."

이렇게 시작된 이야기는 실타래가 풀리듯 꼬리를 물고 이어졌다. 산에서 내려다 본 들녘은 모가 한창 자라 농민들이 한시름 놓을 때인데, 갑자기 먹구름이 일더니 번갯불이 번쩍이며 굵은 빗방울이 쏟아져 내린다. 두려운 생각에 귀례가 자리에서 일어나자 규석은 앞질러 달리면서 손짓을 하였다.

"어서 뒤따라 와."

장대비에 쫓겨 그들은 뒷등 아래 있는 외딴집으로 허겁지겁 달려, 빈 방앗간이 눈에 띄자 그곳으로 뛰어들었다. 옷이 흥건히 젖어 있자 방앗간 한쪽에 쌓인 볏짚 두 묶음을 내려 둘은 마주 앉았다. 높이 쌓인 볏짚 탓으로 몸채와는 벽이 생겨 은밀한 밀회장소가 되었다.

하지만 장대비는 갈수록 더할 뿐, 쉬이 그칠 기미를 보이지 않았다.

"늬 말야 연극할 때 변사또와 단짝이 되어 있는 걸 보고 기분 나빴어."

"아하, 부러웠어?!"

"놀리지 마."

규석은 질투심이 발작했는지 그녀를 와락 껴안으면서 시비조로 뇌까렸다.

"오빠, 왜 이래."

"너 놔주지 않을 거야. 그 애하고 아무 관계없는 거지?"

"공연히 사람 잡지 말고 내 말 들어 봐."

시틋해진 그녀가 따지고 들자 규석은 와락 그녀를 끌어당기며 가슴을 옥죄었다.

"오빠는 정말 나 잊지 않았어?"

"그걸 묻니?"

"좋아, 뽀뽀해 줘."

둘은 첫 키스를 나눈 후 차츰 냉정을 되찾아 갔다. 감정의 도취에서 각성상태로 되돌아 온 것이다.

한동안 무섭게 쏟아 붓던 장대비가 멎고 구름 사이가 뻥 뚫려 엷은 하늘이 내비치자 둘은 그곳을 빠져 나왔다.

귀례가 여고 3년, 규석이 졸업하고 고장의 전매청에 다닐 때였다.

직장에 들어 첫 휴가를 얻은 규석이 어느 날 그녀에게 설악산 배낭 여행을 제의해 왔다. 방학 중이던 그녀는 선선히 응했다.

그들은 주말을 피해 설악산 관광버스에 몸을 실었다. 버스는 세 시간 가량 달려 춘천을 지나 강원도 산협길로 접어들고 있었다.

"강원도 산은 우리 고장과는 다르지?"

"더 육중하고 남성적인 것 같애."

그녀는 느끼는 대로 말했다.

"그래서 정선에 시집가면 귀양 간다고 했대."

"옛사람들은 불쌍도 하지."

"그것을 숙명처럼 받아들인 거야."

이런 대화를 나눈 끝에 버스는 또 얼마를 달렸는지, 귀례는 졸고 있었다.

이곳을 지나 버스는 청초호 끝에 있는 청호동에서 그들을 내려놓았다. 이 마을은 1·4후퇴 때 국군을 따라 함경도에서 내려온 피난 민들이 청초호 끝머리에 모여 살아 '아바이 마을'로 불리었다. 고향에 대한 향수를 달래며 삶터를 일구었던 실향민들의 애환이 서린 마을이다. 평양집, 개성집, 함경도집 등으로 된 소규모의 집단 마을인데, 그들은 개성집 한 칸을 숙소로 정하고, 저녁식사는 오징어로 만든 아바이순대를 별미로 먹었다.

서늘 녘에 숙소를 걸어 나오니 시원한 저녁바람이 설악산 울산바위를 넘어 목덜미를 휘감았다.

"내일은 저 울산바위를 정복해야지."

멀리 하늘에 솟구친 울산바위를 향해 규석이 바람을 띄우자 그녀는 괜스레 마음이 설레었다. 한순간 남한의 최고봉을 자랑하는 한라산도, 삼도를 아우른다는 지리산의 오지랖도 이 설악에는 미치지 못한다는 생각이 문득 그녀의 뇌리를 스치고 지나갔다.

산책에서 돌아와 그날 밤은 일찍 취침하기로 했다. 내일의 신나는 여정을 위해서다. 방안에 촛불을 켜놓고 커피 잔을 기울이고 있으니 신혼여행을 온 듯한 착각마저 일으켰다. 그래서인지 규석은 흥분을 감추지 못하고 생뚱스러운 말을 쏟아냈다.

"우리의 사랑이 결실을 맺는다면 신혼여행은 어디로 할까?"

그의 환상적인 말에 귀례는 퉁명스럽게 말했다.

"미리 김칫국부터 마시지 말어."

규석은 야코죽은 듯 한동안 입을 떼지 못했다.

"사랑의 감정으로만 결혼은 이룰 수 없다고 봐."

귀례는 자신의 소신인 듯 거침없이 말했다. 가슴이 볼록해진 그녀는 이미 철없고 샘 많은 소녀는 아니었다. 그녀는 성숙하면서 가난이 싫어졌다. 생활력이 약한 자는 사회의 낙오자요, 가정의 행복을 보장하기 어렵다고 생각한 것이다. 그녀가 규석을 결혼상대로 생각지 않은 것은 그 때문이었다. 당찬 데가 있는 그녀였다. 규석은 일찍이 아버지를 여의고 가장이 되어 아우와 누이들이 아래로 올망졸망 딸리어 가위 눌린 사람으로 비칠 수밖에 없었다.

밤이 이슥해지자 그녀는 두 개의 요를 나란히 펴면서 한 마디 다짐을 해 두었다.

"이 요 사이가 국경선이란 걸 잊지 말어."

그 말에 규석은 별 반응 없이 벌렁 누우면서 한 마디 던졌다.

"촛불을 꺼!"

귀례는 장거리여행으로 이내 곤한 잠에 빠져 들었다. 이런 틈을 노렸던 것일까. 새벽녘 규석은 금단의 선을 넘어 그녀의 가슴를 껴안고 있다가 상대가 꿈틀하자 포옹을 해왔다.

"이건 약속 위반이야."

"어쩔 수 없었어."

그러면서 귀례가 몸을 빼려고 하면 할수록 그녀를 더욱 옥죄었다. 결국 그녀는 제풀에 꺾이어 모든 걸 그에게 맡기고 말았다. 양과 음이 합선하면 불이 켜지듯이 남녀 또한 예외일 수는 없었다. 두 가슴은 한 줄기 불길처럼 뜨겁게 타올랐다.

설악산 배낭여행을 다녀오고 나서 귀례는 학교를 자퇴하고 양재학원에 다니기로 마음먹었다. 아버지의 사업 실패로 그녀의 가정 또한 내리내리 육남매의 교육을 감당하기는 역부족이었다. 하루는 자신의 결심을 아버지에게 여쭈었더니 무덤덤한 표정으로 고개를 끄덕였다.

"네 생각이 그렇다면 은행에서 전세 값을 내줄 테니 떠나도록 해라.”

귀례는 전주로 나가 양재학원에 적을 두고 1년간 양재 학습에 열중하였다. 허나 막상 그 세계에 뛰어들어 보니 한국 패션을 선도하는 곳이 서울 명동과 일본과의 교역이 이루어지는 부산임을 알게 되자, 부산의 ‘노라노 양재학원’으로 적을 옮겼다. 그곳에서 자격증을 얻어 다시금 전주로 내려와 양품점을 개업하였다.

그녀는 양품점 개업 후 스물여덟까지 10여 년 간 열심히 일한 덕으로 약간의 돈도 저축할 수 있었다.

그러나 그녀는 돈을 좀 더 벌어보겠다고 딴 일을 손댔다가 홀랑 돈만 날리고 말았다. 그 잘난 자존심이 저지른 뼈아픈 실패였다. 그 사업 실패의 여파로 한때 실의에 빠진 그녀는 얼마 남은 돈으로 학교 앞에 문구점을 얻어놓고 이런 저런 사업 궁리에 고심하는 중이었다.

혼배 성사

"마리아, 어서 나와 봐."

일기를 쓰고 있는 그녀에게 어머니가 채근했다. 그날따라 어머니는 여느 때와는 달리 성당에서 받은 마리아라는 이름으로 불렀다. 그녀는 펜을 멈추고 거실로 나갔다. 식탁 앞에 마주 앉은 그녀에게 정감어린 투로 말했다.

"이건 어시장서 사온 도루묵이다. 맛이 어떨는지⋯⋯."

어머니는 그녀에게 신경을 쓰는 품이 유달랐다. 그녀는 식사를 하면서도 분위기가 이전과는 달라 무슨 일인가 싶어, 모처럼 맛있게 끓여 준 고기 맛도 모른 채 신경이 딴 데 가 있었다.

식사를 마치자 이번에는 아버지가 나지막한 소리로 말했다.

"너 들어보래이."

그들이 식탁에 앉아 있는 동안 누이와 남동생들은 등굣길을 서둘러 나섰다. 손아래누이는 그녀와 세 살 터울로 간호사 수습생으로 다니고 있었다.

"너도 서른 살을 코앞에 둔 나이다. 네 누이가 스물여섯이니, 옛날로 치면 혼기가 아주 늦었어."

마리아는 아버지가 무슨 말씀을 하려는지 지레 짐작하고 있었다.

"근데 늬 혼처가 났는디 괜찮은 집안이더라."

"어디 사람인데요?"

"순창서 사업을 한다는디 양봉을 크게 한다는구먼."

양봉업을 크게 한다는 말에 마리아는 귀가 솔깃했다. 그럴 것이, 사업에 실패한 후 실의의 나날을 보내고 있는 그녀에게는 단비와 같은 소식이었다. 그래서 그 중매건은 급물살을 타게 되고, 중매인이 양가를 오간 끝에 전주에서 양가 사람들이 만나자는 소식이 전해 왔다.

약속된 날 전주의 R호텔 커피숍에는 양가 부모를 비롯하여 총각 서상일과 처녀 황귀례가 맞선을 보도록 중매인의 소개가 있은 후 모두 자리를 뜨고 두 사람은 커피 잔을 놓고 마주 앉았다.

맞선을 보기 전에 이미 가족사항과 나이는 알고 있었으므로, 서로의 관심사를 놓고 이야기가 오갔다.

신랑 후보는 헌칠한 키에 차분한 성품의 소유자로 느껴졌다. 마리아는 궁금증부터 풀기 위해 이런 질문을 던졌다.

“양봉업을 하신다는 데 규모는 어느 정도인가요?”

“뭐 그럭저럭 꾸려가고, 새로 느타리버섯 재배도 손대고 있어요.”

“그럼 일손이 바쁘시겠네요.”

“그때 그때 일용인부를 쓰고 있어요.”

마리아는 내심 그와의 만남이 성사된다면 꽤 바쁜 일상이 되리라는 생각에 다시 물었다.

“버섯 재배는 하우스에서 할 텐데 수확량이 어느 정도예요?”

“통상 1일 1톤 정도의 수확이죠.”

“거래처는요?”

“그걸 농협에 내고 있어요.”

이런 대화가 오간 끝에, 그는 요즘 젊은 아가씨들이 농촌에 시집오기를 기피한다는데, 깊은 산촌마을에 살 수 있겠느냐고 넌지시 마리아의 의향을 떠보았다.

“전주서 오랜 동안 양재업을 했다고 들었는데 깊은 산골에 묻혀 살 수 있을지 그것이 궁금해요.”

마리아는 언뜻 생각이 떠오르지 않아 아리송한 대답으로 얼버무렸다.

“하시는 사업이 잘 된다면야 도시건 농촌이건 그것이 문제될 건 없다고 봐요. 사업이 잘 되면 재미나겠어요.”

“그 재미는 옆에서 구경하는 사람의 느낌이죠. 손에 흙을 묻히거나 일에 진땀 흘리는 자영업자는 그리 생각지 않아요.”

"저도 자랄 땐 진안의 산골마을에서 살고 그곳에서 학교도 다녔
는걸요."

그 말을 듣고 보니 서상일은 중매인으로부터 그녀가 시골서 자랐
다는 말이 떠올랐다.

"아 참, 나도 그리 듣고 있어요. 학교도 그곳에서 다니고 양장점
도 십여 년간 운영했다고 듣고 있어요."

"지금은 그걸 다 거두고 학교 앞에 조그만 문구점을 얻어 놓고
뭘 할까 궁리 중이죠."

"나도 사업이다 뭐다 세월을 놓친 노총각이지만, 그대도 노처녀
이니 우리가 만나면 피장파장 서로 밑질 일이 없겠네 그려."

이렇게 서른아홉의 노총각이 허탈하게 웃자, 스물아홉의 노처녀
도 겸연쩍게 웃음을 헤뜨렸다. 서로 이심전심으로 의사가 통한 것
일까. 그러면서 그는 또 한 가지를 캐물었다.

"귀 댁은 천주교 가족으로 듣고 있는데 맞는가요?"

"네, 우리 집안은 7대째 내려오는 천주교 가족이죠. 전 태어나자
곧 세례명 '마리아'를 얻었어요."

"우리 집은 석가탄신일에 등불을 달아주지만, 불교 신자는 아니
죠."

절에 등을 달아주는 것이 종교행위가 아니라, 예로부터 전해오는
풍습 때문이라고 그는 말하는 것이었다. 사실 양가의 종교 차이가
두 사람의 결합을 방해하는 요인은 될 수 없었다. 마리아의 입장에

서도 그동안 실의에 빠져있던 터라, 사업에 열중하는 총각을 만나 못다 한 사업을 일으켜 볼 생각을 하는 것인지도 모른다.

두 사람이 맞선을 본 지 달포 지나 양가가 모여 조촐한 약혼식을 갖고, 신랑의 고향인 순창 성당에서 천주교식으로 혼배 성사를 치렀다.

결혼식을 마친 그들은 송정리 비행장으로 나가 제주행 여객기에 탑승했다. 여객기가 회랑을 날아오르자 금세 눈이 감긴 신부는 기체가 크게 진동할 때 토끼잠에서 깨어 창밖으로 눈길을 돌렸다. 흰 구름이 창밖을 스쳐 지나고 바다 가운데 외로이 떠 있는 제주섬이 시야에 들어왔다.

"공항에 내리면 어디로 갈까요?"

그녀가 나직이 물었다.

"제주 다녀온 친구는 '조화로운 삶 펜션'을 권하던데……."

"그럼 그리로 가요."

잠시 후 기체가 비행장에 착륙하고 게이트를 나와 택시에 오르자, 신부는 아까 들었던 펜션을 운전기사에게 물었다.

"애월읍에 조화로운 삶 펜션이 있다는데 기사님은 아셔요?"

"알고말고요. 신혼부부들이 많이 찾는 펜션이야요."

그들이 펜션 2층에 여장을 풀고 식사 후 커피를 들고 나니 갑자기 졸음이 몰려 와 잠시 휴식을 취하기로 하였다. 결혼식 준비 등 일시에 긴장이 풀리면서 일어나는 현상이었다.

얼마나 지났을까. 신부의 눈이 엷게 떠 있을 때, 그의 곁에는 잠
옷 차림의 신랑이 다가와 있었다.

"당신 피곤했던 모양야. 하긴 신부가 신경을 많이 썼을 텡께."

"신경 쓰는 거야 당신도 마찬가지일 테지 나만 그런 가요."

"나도 이제야 긴장이 풀리는구면. 이제 보니 당신 잠옷으로 갈아
입지 않고……."

"그래요, 잠깐 기다려요."

신부는 나붓이 일어나 잠옷을 갈아입은 후 반지며 목걸이를 화장
대에 두고 자신의 자리로 돌아왔다.

"당신 하얀 잠옷을 입으니 비너스 못지않은데……."

"그런 칭찬도 좋지만 그보다도 더 소중한 말이 있는데 그게 뭔지
알아 맞혀 봐요."

"글쎄 뭘까? 당신 사랑해!"

두 사람이 맞선을 본 후 처음으로 감정을 드러내는 애정 표현이
었다. 이제까지의 두 사람은 하나의 절차로서 대화를 나누고 사무
적인 말을 교환했을 뿐이다.

"나도……."

이때 신랑은 갑작스런 스킨십을 해오고 그녀의 입술을 훔쳤다.
그가 키스를 해오자 신부의 숨결은 거칠어지고 심장의 고동은 드세
게 고동치고 있었다. 둘 사이에는 이미 언어라는 매개수단은 필요
없었다. 입술과 입술, 가슴과 가슴, 마음과 마음이 전류처럼 흐르면

그만이었다. 몽실한 그녀의 유두에서는 금세 젖줄이 쏟아질 것 같 았다.

"아파! 너무 쎄……."

첫날밤을 맞는 신랑신부의 사랑놀이는 밤이 이슥하도록 그칠 줄 을 몰랐다.

이튿날은 펜션 주인의 소개로 한라산 국립공원을 찾기로 하였다. 서귀포시 일대에 자리한 한라산은 금강산, 지리산과 더불어 삼신산 으로 꼽히는 산이다. 옛날 화산 폭발로 아르피테형 경사가 진 이 한 라산은 360개의 오름들이 생겨났으며, 산봉우리 분화구는 비취색 물이 고인 백록담이 있고 그 둘레에는 병풍바위, 오백나한, 왕관바 위, 선녀폭포 등을 품고 있다.

그들이 오른 윗세오름은 때마침 진분홍 불꽃이 터지는 한라산 철 쭉제가 한창 열리어 관광객으로 인산인해를 이루고 있었다.

둘째 날은 새벽잠을 설치며 성산 일출봉을 찾아 갔다. 이 봉우리 는 수많은 분화구 중 유일하게 바다 속에서 폭발해 만들어졌다. 본 디 섬이었으나, 모래가 밀려와 육지로 연결되고, 봉우리 중심에 분 화구가 생겨나 있다. 우뚝 솟은 봉우리가 성과 같다 하여 성산城山 이라고도 불리고 정상에서 보는 일출은 으뜸으로 꼽히고 있다.

그들이 봉우리에 자리 잡고 있을 때, 바다 속에서 꿈틀거리던 햇 덩이는 흡사 아기해가 산모의 몸에서 막 태어나는 듯한 눈부신 광경이었다. 이를 지켜본 마리아의 눈은 순간 아기해의 신비로운 빛깔에 취해 황홀경에 잠기었다.

3일 째 날은, 하늘과 땅이 맞닿은 곳이라는 천지연 폭포와 난대림지대를 찾았다. 천지연 폭포는 물이 귀한 제주지만, 이곳은 사계절 구슬옥이 떨어지는 폭포다. 이 섬의 삼대 폭포 중 하나로 여행객들이 꼭 찾는 곳이다. 그 입구에서 폭포에 이르는 물길을 거슬러 오르는 산책로는 나무 그늘이 있어, 그들은 바위 위에 앉아 한동안 폭포 소리에 넋을 빠뜨리고 있었다.

그러던 중 갑자기 시장기를 느낀 그들은 제주의 맛을 자랑한다는 오분자기 뚝배기집을 찾아 갔다.

"아줌마, 이 집 오분자기 뚝배기가 유명하다 해서 왔시다."

"그걸 드려유?"

"네, 두 뚝배기요."

배에서 당기는지라 후딱 뚝배기를 비우는데, 그놈은 전복보다 작지만 맛은 고소하고 진했다.

"얼큰해 좋았어요……."

서상일은 자리를 뜨면서 칭찬 한 마디를 잊지 않았다.

이 국물은 오분자기와 갖은 해산물을 넣어 끓여내 보양식으로도 손색이 없다는 가게 주인의 설명이었다.

그들이 식당을 나와 이곳에 머무는 동안, 조명이 켜지는 밤은 낮에 느낄 수 없는 낭만이 있어 추억이 남는 곳이었다.

신랑, 신부는 이곳의 풍경을 오래 간직하고 싶어, 준비해 간 카메
라 셔터를 터트리며 느지막이 산을 내렸다.

섬진강 요강바위

섬진강은 순창 복흥면 백방산 드레샘을 시원으로 추령천과 옥정
호로 흘러들어 구림천에서 흐르는 물을 모아, 천담·장군목을 지나
적성강으로 흘러든다. 여기서 다시 향가유원지를 흐르면서 섬진강
드라이브 코스를 이룬다.

'요강바위'가 있는 장군목은 우변 도로만 나있었는데, 맞은편 도
로공사가 한창 진행 중이며, 이 강폭을 잇는 구름다리가 덩그마니
놓이게 되었다. 이 구름다리 상류에는 조각을 해놓은 듯한 돌바위
들이 강바닥에 질펀히 널려 있다.

한 여행자가 그 장군목 바위 위로 조심스레 두 발을 옮겨갔을 때,
수 명의 나그네들이 그 요강바위 위에 둘러서서 점잖지 않은 농을
지껄이고 있었다.

"여기 앉아 쉬 보면 시원하겠네."

쉰 살은 됨직한 아낙네가 언죽번죽 넉살을 떨자 동행한 또래의 사나이가 익살스럽게 받아 넘긴다.

"남정네도 아닌 것이 어디다 쏟아 붓는다 말가."

"아이고, 물건 달렸다고 유세하는구먼."

이런 농을 한 귀로 듣고 한 귀로 흘리면서 여행자는 그 바위 속을 내려다보고, 하마터면 소리를 지를 뻔했다. 기다란 바위 줄기에 요강 모양으로 깊이 파인 구멍은 2미터를 좋이 넘고, 성인 남자 오륙 명이 그 속에 몸을 숨겨도 밖에서는 눈에 띄지 않을 그런 기이한 바위였다.

그런데, 엎친 데 덮친 격으로 이 요강바위의 현대판 전설이 널리 전파되어 그날도 여러 탐방객을 불러들이고 있었다.

그 전설은 6·25사변 때로 거슬러 오른다. 북한군이 순창에 진주했을 때 미처 피난을 못 간 유지 여섯 명이 이 요강바위에 몸을 숨겨 목숨을 부지했다는 것이다.

이 요강바위에 몸을 숨긴 6명의 사나이는 수일 동안 식음을 전폐하고 있다가 밤이면 당번제로 밖으로 나가 인가에서 음식을 가져 날랐다. 이런 날이 달포 가량 이어지다 군경이 진주하자 그들은 요강바위의 갇힌 생활을 마감하고 구사일생으로 생환했다.

훗날 이 바위를 생명바위라고도 불렀는데, 이 소문은 서울에도 퍼져 나가 해괴한 사건을 부르게 되었다.

이 장군목 구름다리 공사가 마무리될 무렵, 낯선 토목공사 팀이 나타나 강변의 도로공사가 진행되고 있었다. 그런데 이 공사가 위계에 의한 함정이라는 것은 훗날 밝혀진다.

이 도로공사가 있고서 두 달쯤 지났을 때다. 바위 군락지에 있던 요강바위가 온 데 간 데 없이 사라져버린 것이다.

한 주민의 신고로 주민들이 현장에 달려오자 요강바위는 원형으로 그 둘레가 잘리어 흔적도 없었다.

─이건 큰 도둑의 소행일세.

─한강 물을 팔아먹은 도둑이 있었다더니 이 무슨 해괴한 일인가? 집채만 한 바위를 몽땅 베어 갔으니 큰 도둑이 분명해…….

─다들 팔짱만 끼고 있을 일이 아녀. 당장 군청과 서에 알려 도둑을 때려 잡세.

사건의 해괴함에 경찰과 군청에서는 연일 회의가 열리고 수사가 시작되었다. 이 사건의 해괴함에 수사 팀이 주목한 것은, 국내의 최대 기중기가 동원되었다는 점과 강도 높은 돌톱 등을 동원한 떼도둑이라는 것이다.

수사가 시작된 3개월여 만에 서울의 JS사 기중기가 동원된 것과 여기 관계된 인맥을 알아낸 뒤 요강바위를 원 위치로 옮기는 작업이 진행되고 있었다.

이 사건을 취재한 사건 내용은 다음과 같다.

　　이 떼도둑들이 노린 것은, 모 재벌에게 '요강바위'에 대한 정
보를 제공하고, 그것을 절단해 오면 암만의 돈을 주겠다는 약속
을 받고 저지른 희대의 사건이다. 결국 수사망에 걸려 이 요강
바위는 원위치로 환원하게 되었으나, 이 바위의 상처 부위는 치
유할 수 없는 흔적을 남기게 되었다.

　　한 여행자와 관광객이 현장을 찾았을 때, '요강바위'의 잘린 부위
와 훗날 원 위치로 맞추어 놓은 절단선이 확연히 드러나, 떼도둑이
저지른 수법의 대담성에 혀를 널름거리지 않을 수 없었다.

　　이 '요강바위' 사건이 널리 입소문을 타고 있을 때, 마리아는 신
혼생활을 맞고 있었다. 그녀가 사는 진메마을은 섬진강 오백 리 물
길 중 가장 아름답다는 팔십 호 남짓한 강변마을이다. 여기서 물길
따라 비포장 길을 걸으면 왼편으로 섬진강이 흐른다. 산길을 타고
오르면 구담마을이 나오는데, 눈 아래로는 순창 땅 장군목, 강을 건
너는 징검다리가 지금은 우람한 구름다리로 바뀌어 그 위용을 자랑
하고 있다.

　　양봉업으로 생계를 이어가는 집안은 이른 새벽부터 바쁘다. 아카
시아 향이 내뿜을 때면 새벽 4시에 일어나 아카시아 숲으로 벌통을
옮기는 데, 벌통이 자그마치 150통이나 되어 차량을 이용하였다.

　　남편이 꿀통을 차에 실을 때, 마리아도 일을 거들어 준다. 운송차
가 떠나고 나면 마리아는 돌아와 집안 청소를 마치고 식사 준비를
서두른다. 식당 일이 다될 즈음 시어머니는 일어나, 뜰을 거닐다 말

고 이것저것 참견한다.

"애비 아침은 어쨌냐?"

"본래 아침은 않고 나가요."

"그럼 새참이라도 챙겨 줬느냐?"

"그도 싫다고 해요. 점심은 매식한다고 마다해요."

"집에서 세 끼 밥도 못해 주다니, 손 됐다 어디 쓸랑고 쯧쯧……."

시어머니는 신앙곤앙 혼잣소리를 한다. 마리아는 대꾸 없이 듣고 있지만, 우울한 마음에 종일 일손이 잡히지 않았다.

신혼의 단꿈은 잠깐이었다. 그녀는 왜 시집을 온 것인지, 마음의 중심을 잃고 사시나무처럼 떨었다. 자신을 위로해 줄 남편도 무심하기는 마찬가지다. 새벽에 나가 밤중에 돌아오는 남편은 밤참을 들기 무섭게 자리에 누우니, 이것도 신혼생활이라 할 수 있는지.

장맛비에 양봉 일을 쉬던 날이었다. 시어머니를 모시고 모처럼 세 가족이 아침 식사를 마치고 남편과 마주 앉았다.

"이 집에 들어온 지 석 달이 다 되지만 당신과 애기할 짬도 없으니 왜 결혼을 했는지 모르겠어요."

"이제 와서 어쩌겠다는 말인가."

"그걸 말이라고 해요?"

"그럼, 뭐라고 말해야 되간……."

마리아는 억장이 무너지는 기분이었다. 잠시 등을 돌려 눈물을 닦고 난 그녀는 작심하고 속엣말을 꺼냈다.

"시어머니는 큰 시숙 댁에 곧 가실 테고 내가 살림을 꾸릴 텐데 당신 살림하라고 돈 한 푼 줬어요?"

"반찬이고 뭐고 살 것 있으면 나한테 말하면 되지, 뭐가 걱정 돼서 그래."

"난 허수아비처럼 살라 그 말이요?"

이런 식으로 남편과는 티격태격 서로의 말이 빗나갔다. 부부간에 화합은커녕 일마다 엇박자였다. 그녀는 방을 뛰쳐나와 냉수 한 컵을 들이켜고 뒷산 언덕길을 오르고 있었다.

산길을 오르는 데 몸은 중심을 잃고 휘청거렸다.

'내가 바라던 사람은 이게 아니었는데! 좀 더 절도 있는 그런 사람이었는데…… 게다가 살림마저 아내에게 맡기지 못한 인품이라면 내가 무엇을 믿고 살아간단 말인가?'

이런 회의와 실의의 날이 이어졌지만, 정숙과 순종으로 사는 것이 여성의 도리이거니, 자신을 추스를 수밖에 없었다. 7대째 천주교 신자로서 자라온 그녀. 문득 '이혼'이라는 두 글자가 뇌리를 스칠 때 심한 자괴감이 이는 것을 어이할 수 없었다.

'안 되지. 성당의 주님 앞에서 혼배 성사를 한 내가 이혼을 떠올리다니……'

그녀는 자신이 흔들리고 절망감에 빠질 때, 부모님의 얼굴이 떠올랐고, 성경 구절이 생각나 발목을 잡아놓곤 하였다.

그녀는 뒷산에 오르거나 하릴없이 낮잠을 자는 날이 늘어갔다.

이처럼 신부가 외톨박이로 떠돌고 있으니, 시샘 많은 아낙네들이 입방아 찧기 일쑤였다.

"양봉 댁 신부는 시골서 못 살 걸. 첨서부터 알아 봤드란께."

술술 들려오는 소리가 곱지 않은 비아냥거림이었다. 아낙네들은 이런 말들을 동네 우물가나 품앗이하는 일터에서 쑤군댔다.

마을 회관에서 회의를 마치고 메기탕 집에서 회식하던 날이었다.

"서 사장, 자네 신부는 이웃 간에 담을 쌓고 산다는 말이 많대."

비닐하우스에서 버섯 재배를 하는 구봉식이 중뿔나게 말했다.

"내가 무슨 사장이란가. 놀리는 소리 작작 하게."

서상일은 듣기 싫은지 퉁명스럽게 내쏘았다.

"김새는 소리 작작 하고 술잔이나 돌려. 동네가 크면 말도 많고 탈도 많은 법여. 무담시 남 허비는 소리 말고 술잔이나 돌리란께."

반장 민성주가 좌중을 향해 한 마디 쐐붙였다. 이러구러 몇 순배 술잔이 오간 끝에 갈지자걸음으로 돌아온 남편은 혀꼬부랑 소리로 아내에게 투덜댔다.

"회관에 갔더니 입 달린 놈은 당신 얘기뿐야. 이웃 간에 허물없이 사는 법은 없는 거야."

"그런 말이라면 듣고 싶지 않아요. 괴로운 사람이 뭐 광고 내고 다닐 일이 있간디."

톡 쏘아붙이고 마리아는 돌아누워 버렸다.

그러잖아도 그녀는 자신을 빗대어 이러쿵저러쿵 오가는 말들이 신경을 건드렸는데, 남편한테까지 그런 말을 듣고 보니 남의 이목에서 벗어나고 싶었다.

가끔씩 그녀가 찾은 곳은 마을 앞에 소리 없이 흐르는 섬진강이었다.

그녀는 언제부터인가 섬진강 물길을 헤치고 다슬기 잡는 일에 빠져들고 있었다. 하루는 전주에서 구입해 온 해녀복을 입고 강물에 뛰어 들었다. 이 다슬기는 야행성이기 때문에 날이 저문 뒤 물속에 든다. 낮 동안 바위 밑에 숨어 있던 다슬기들이 바위 위에 기어 나와 곰지락거리기 시작하면, 왼손에 든 플래시를 강물에 비치면서 장갑 낀 오른손으로 다슬기를 잡아 어깨에 멘 바랑 속에 집어넣는다.

이렇게 다슬기 잡이에 넋을 빠뜨리고 있으면, 언제 왔는지 강 이쪽저쪽에 플래시 불빛이 번쩍이며 아낙네, 젊은 남정네가 뒤섞여 다슬기 잡이가 한창 벌어진다. 이런 밤이면 강물 위에 반딧불이 도깨비불처럼 밤하늘을 어지럽게 수놓는다. 마치 바다 속에 고기 떼가 몰리면 바다 위에는 바닷새 무리가 날아드는 것과 같은 풍경이 벌어지는 것이다.

이처럼 다슬기를 잡고 있으면, 깜깜한 숲속에서 멧돼지 두 놈이 나타나 서로 머리를 받아가며 씩씩거리는 풍경도 가끔 보게 된다. 이놈들도 야행성이라 낮에는 숲속이나 바위 속 동굴에 뒹굴다가 밤이면 물가에 나타난다.

그놈들이 씩씩거리건 말건 정신없이 다슬기를 어깨에 멘 바랑에 잡아넣다가 허리를 펴 밤하늘을 올려다보면, 바둑판처럼 널린 보석 별들이 머리 위에 쏟아질 듯이 반짝거린다.

이럴 때면 대낮에 느꼈던 근심이나 외로움은 씻은 듯이 사라지고 마음은 거울처럼 맑게 닦여 있다.

'그래, 다시는 남을 탓하거나 미워하지 말자.'

이런 생각을 하면서 그녀는 강둑에 올라서고 있었다.

서울의 큰 시숙 댁에 가있던 시어머니는 마리아의 아기 출산에 맞춰 시골에 내려와 아기 수발에 힘쓰고 있었다. 아기는 출산 후 튼실하게 자라고 주위 사람들로부터 귀여움을 듬뿍 받았다. 아기가 걸음마를 시작할 무렵, 제 이모는 화신백화점에서 명품 옷을 사들고 왔다. 아기에게 그 옷을 입혀 밖으로 나가자, 동네 아이들은 그 아기 뒤를 졸졸 따라다니며 부러워했다.

이제 마리아의 꿈은 오로지 그 아이에 거는 희망뿐이었다. 이런 옥동자를 주신 주님의 은혜에 그녀는 기도를 잊지 않았다.

"주님, 이 아이에게 건강과 희망을 주옵소서."

작은아들이 사는 시골과 서울의 큰아들 집을 오르내리던 시어머니가 시골에 오시겠다는 기별이 왔다. 시골에 내려온 시어머니 안색은 좋지 않았다. 깔끔한 성품에 옷도 갖추어 입던 시어머니가 그날따라 초췌해 보였다. 시어머니는 6·25때 공무원이던 남편이 행방불명이 되자, 스물다섯의 홀어미로 세 남매를 키우느라 갖은 고생을 다 했다.

어느 날 마리아는 시어머니에게 여쭈었다.

"어머님, 그동안 고생도 많으셨는디 다 잊고 마음 편히 사셔요. 잠도 편안히 주무시고요"

그러자 시어머니는 깊은 한숨을 내쉬면서 말했다.

"내 살아온 세상은 자식들로 몰라. 난 오래 살지도 못해. 자꾸 눈물만 쏟아지는구나."

"왜 그런 말씀을 하셔요. 큰 시숙께서 사업도 하시것다, 저희도 양봉을 하고 있지 않아요. 무슨 일이 있으면 힘을 보탤게요"

"제 앞가림이나 하라고 해. 여기 와도 밤낮 뛰어다니기만 하제 달라진 것이 있어야제."

어떤 속사정이 있어서인지 시어머니는 수심에 찬 말씀만 늘어놓는다.

"무슨 일이 있어요? 안색도 안 좋으시고 마음도 편치 않으신 것 같아요"

"이런 말은 안 할라 했지만 기왕 나온 김인게 한다만 난 입맛도 다 달아나 버렸어."

"병원에라도 가 보셔야죠."

"그런 돈이 있간……."

“돈 때문이라믄 집 앞에 버는 논이라도 팔아 드릴 테니 서울 가서 시숙과 상의해 병원에 가셔요.”

“아서라, 그런 돈 받기도 싫여.”

시어머니는 그만 입을 막아 버렸다. 며칠이 지났다. 마리아는 한 마을에 사는 사촌 형님을 찾아가 시어머니 건강을 염려하면서 집 앞 논 이야기를 꺼냈더니, 얼굴을 물끄러미 쳐다보면서 일러 주었다.

“동서는 여태 그 논이 뉘 것인 줄도 모르고 살았는 개비.”

마리아는 가슴이 철렁 내려앉았다. 알고 보니, 결혼 6년째인 지금까지 남편은 자기를 속여 온 것이 아닌가.

이렇게 부부간에 한바탕 회오리가 몰아치고 가정불화가 일자 시어머니는 서울로 가버렸다. 그런데 수일 후 서울의 동서한테서 전화가 걸려왔다.

“동서, 어머님이 암이라는 진단이 났어!”

“무슨 암이래요?”

“위암인디 간으로 전이되어 시한부 진단이 내렸어.”

“형님, 어쩐다우?”

“하늘에 맡겨야지, 어쩌긴…….”

동서도 맥이 풀린 듯 한숨소리가 전선을 타고 들려 왔다. 이런 암울한 대화가 오간 끝에 마리아는 동서에게 말했다.

“형님, 어머님 모시고 오셔요.”

“시숙이 밤낮 바쁘다는디 환자까지 모셔 어찌하려고?”

“제가 회개하는 뜻으로 어머님 모시겠소 지체 말고 형님이 모시
고 와요.”

마리아는 강변하듯 말하고 수화기를 놓았다.

남편은 남의 텃밭을 전세 내어 하우스를 짓고 느타리버섯 재배를
시작했다. 그러니 양봉이다, 버섯 재배다, 밤낮 없이 밭으로 산으로
뛰어다니기 바빴다.

아카시아 향이 코를 찌르는 봄철엔 양봉통을 들고 이 산 저 산
옮겨 다녀야 하고, 하우스에 느타리버섯이 삿갓을 달고 옹기옹기
솟아날 때면 일손이 몇이라도 모자랐다. 서울에서 어머니를 모셔오
기 전엔 마리아도 일손을 보태기 위해 작업장에 얼굴을 내밀었으나,
어머니를 모신 후에는 그럴 수가 없었다.

“하우스는 도우미를 부르든 당신이 알아서 하고 난 어머니를 모
시겠소.”

하우스의 작업이란 장난이 아니었다. 새로 자라난 버섯을 1일 1톤
씩 솎아 운송차에 실어 농협에 납품한다는 일이 수월하지만은 않았
다. 버섯을 솎는 일에서 손을 뗀 마리아는 시어머니의 병수발 들기
에 나선 것이다. 작은아들 집에 온 시어머니는 자신의 변을 가리지
못하니 며느리가 요강을 가져다 똥, 오줌 수발을 한 후 씻기는 일까
지 도맡아 해내야 했다. 그런 시어머니를 등에 업고는 아이를 얼리
듯 뜰에 나와 등을 흔들어 대면서 넌지시 물었다.

“어머니, 속 편하셔요?”

"그래, 늬가 아기처럼 업어주니 편코말고 그 공 죽어서도 잊지
않으마."

"어머니 그럼 저 세상 가시더라도 천당, 지옥이 있는지 꿈속에
오셔서 이야기해 주셔요. 그리고 이왕이면 내 죄를 사해 주시고요."

이같이 정성을 다했는데도 시어머니가 세상을 뜨자, 마리아의 의
견대로 천주교 격식에 따라 종부 성사를 해 드렸다.

한 달쯤 지난 어느 밤이었다. 꿈에 시어머니가 나타나자, 마리아
는 채근하듯 말했다.

"왜 인자 오셨소?"

"말도 마라. 거기 가니 이 세상보다 더 어수선하고 시끌벅적해서
나깐양은 일찍 온 거여. 너한테는 그동안 고마웠다."

이런 말을 건네며 시어머니는 비단 한 필과 돼지 새끼를 그녀 앞
에 내놓았다. 마리아는 황홀한 심정이 되어 소스라치듯 잠에서 깨
어났다.

시어머니를 여의고 집안은 삭막했다. 한동안 마음을 추스르지 못
한 그녀가 허탈해 있을 때, 사촌 동서가 찾아와 위로의 말을 건넸다.

"동서 얼굴이 수척해졌어. 나하고 하루 강천산 구경이라도 다녀
와. 거기 가 바람 쐬면 좀 나아질 거야."

동서는 김밥이며 부침개를 륙색에 담아와 어서 나서자고 부추겼
다. 오토바이 뒷자리에 사촌 동서를 태운 마리아는 마을을 휘돌아

나와 강천산 국립공원 입구에 이르자, 차고에 오토바이를 세워두고 물길을 따라 천천히 걷기 시작했다. 강천사라는 이름에서 유래된 강천산의 봄 풍경은 호남의 금강산이라 일컬을 만큼 수려했다. 40미터의 병풍바위에서 떨어지는 폭포수는 한 폭의 수채화를 보는 듯했다. 연이은 천우폭포, 기암절벽 사이로 굽이쳐 내리는 비룡폭포는 아홉 마리 용이 담벽을 따라 승천하는 모습과 같다하여 붙여진 이름이다. 수자굴은 석담과 뇌암 두 선사가 이곳에서 수도하여 득도했다는 석굴이다.

얼마를 더 걸어 푸른 하늘아래 비취색을 띤 연못이 나오자 마리아는 탄성을 올렸다.

"저 봐요, 호수 거울!"

여기서부터는 깊은 골짜기로 빠져드는데, 기기묘묘한 바위를 만나게 되고, '거라시바위', '어미바위' 등은 나그네의 눈길을 떼지 못하게 하였다.

어미바위는 기묘한 바위와 괴이한 돌 사이로 굽이쳐 내리는 두 물줄기로, 신비롭다 못해 오묘한 모습의 여근목. 그 괴이함에 마리아는 어디선가 본 시 한 수를 떠올렸다.

두 가랑이 사이
파인 동공

괴괴한 바위 속 흐르는

은빛 샘일레

눈 뜨고
차마 볼 수 없어

허뿔싸!
절로 나는 소리
어미바위라 하네

어미바위의 신비감에 두 여인은 한동안 넋을 잃고 서 있다가 뒤따르는 나그네에 떠밀려 걸음을 재촉해 갔다. 몇 걸음 나아갔을 때 동서가 손가락을 가리키며 말했다.

"저 봐 동서. 저기 북바위 봉우리에 있는 운대봉은 진짜 명물이야. 2년 전 몇이 가본 일이 있는데 북처럼 생긴 저 북바위에 서면 멀리 담양호가 가물가물 내려다보이고 구름 속에 솟은 강천산이 아련히 떠오르는 느낌이야."

그들은 다시 부처바위를 지나 장군의 투구를 닮았다는 투구봉에 이르니, 노송들이 휘둘러 있는 송음암은 그늘에 가린 하나의 비경이었다.

그런데 시간이 갈수록 뒤미처 오는 나그네의 행렬이 늘어가고 있었다. 다시금 그들의 발길이 닿은 용소는 깊은 비취색으로 그 깊이를 헤아릴 수 없는데, 윗 용소는 수용이 살고, 아랫 용소는 암용이 살았다는 푯말이 붙어 있었다.

둘은 한참 만에 강천산 삼림욕장에 이르렀다. 이 계곡 목재데크 산책로를 걷고 나니 몸과 마음이 씻은 듯이 개운했다. 마리아는 모처럼 산에서 느끼는 청량감과 해방감에 젖어 웰빙 산책로를 가뿐가뿐 걸어 나갔다.

이곳을 지날 때 노변의 푯말이 눈에 띄는데, 강천을 껴안고 있는 322미터의 커다란 금성산성은 1380년 고려 우왕 6년에 축조된 국내 최대의 산성이라 적혀 있다. 여기서부터는 강천산의 백미라 할 드넓은 구장군 테마공원이 펼쳐 있었다. 나그네의 휴식처와 16점의 테마 조형물이 설치되어 있는데, 병풍폭포를 비롯하여 현수교 구장군 폭포 등 눈길을 끄는 볼거리들이다.

둘이 의자에 앉아 휴식을 취하는 동안, 신구학을 겸비한 듯한 노인 한 분이 주변의 관광객들에게 산에 얽힌 아홉 장수의 이야기를 막 꺼내는 중이었다.

"삼한시대에 9명의 장수가 전쟁에 나가 패주하는데 이 구장군 폭포에 이르러 자결하려는 찰나였지. 그런데 한 장수가 나서서 이런 비참한 몰골로 죽느니 다시 한 번 전쟁터로 나가 싸우다 죽자고 제안했는거라. 이렇게 싸움터로 나간 9명의 장수들은 마침내 승리를 거두게 되는데, 이런 연유로 훗날 이곳이 구장군 폭포란 이름이 붙게 된 거라오."

노인의 설명을 듣고 깎아지른 듯한 절벽을 올려다보니, 하늘 끝 낭떠러지에서 폭포수가 쉼 없이 흘러내리고 있었다. 그런데 달 밝은 밤이면 선녀가 내려와 목욕을 했다는 전설이 있어, 선녀폭포라 부른다고 했다.

노인의 흥미진진한 이야기는 또 이어졌다.

"저 강천산은 뭐니 뭐니 해도 거북바위 전설을 빼놓을 수 없지."

"노인장, 그 얘기 좀 들려주십시오."

한 젊은이가 준비해간 커피 잔을 내밀면서 예를 갖추어 청했다.

"호랑이 담배 먹던 시절로 가야겠군. 순창의 한 산골마을에 모자가 살고 있었지. 하나뿐인 아들이 방탕한 생활로 가산을 탕진하자 그만 자리에 눕게 되었것다. 늦게나마 잘못을 뉘우친 아들은 어머니의 건강을 위해 약초를 캐러 온 산을 헤매 돌았는디 그러다 강천산 깊은 골짜기로 들어선 거라. 이곳저곳을 살폈으나 산삼을 찾지 못하고 몸이 지쳐 그만 잠이 들었는디, 흰옷 입은 노인이 나타나 폭포 위에 산삼이 있는데 가서 캐지 않고 뭘 하느냐! 하는 질타에 정신을 차려 달려가 산삼을 캐 급히 달리다 폭포 아래로 나뒹굴고 말았지. 이때 용소에서 목욕하던 선녀가 그를 받아 목숨을 건지는데, 아들의 효심에 감동한 선녀는 산삼을 찾아주니, 어머니의 병은 낫게 되고 그 둘은 사랑에 빠졌는 기라. 한데 이야기는 점입가경, 이 소식을 들은 옥황상제는 그 둘을 가상히 여겼음인지 천년 동안 폭포에서 거북으로 살게 하고 천년이 되는 날, 동 트기 전에 폭포 정상에 오르면 하늘로 승천시켜 주겠노라 언약했것다. 마침내 천년이 되는 날, 암수 거북은 폭포를 기어오르기 시작했느니. 90도로 솟아

오른 암벽을 기어오르는디, 암거북을 먼저 산봉우리로 올려 보낸 수거북이 정상으로 오르려는 순간, 에꾸나! 난데없는 호랑이 한 마리가 나타나 수거북을 공격해오고 그 호랑이와 사투를 벌이다 어언 동이 트고 말았네. 이를 지켜보던 옥황상제는 두 거북이의 이루지 못한 사랑을 안타까이 여겨 바위로 변하게 하고, 거북의 사랑을 시기한 호랑이 또한 바위로 변하게 하였것다. 훗날 사람들은 그 거북바위를 '천년바위'라고 불렀다는디 하, 벌써 천년도 넘은 이야기일세."

거북바위 이야기에 흘랑 빠져 있던 나그네들은 노인장의 그 유식함과 구수한 입담에 박수로서 응답하였다.

꽃동네 가는 날

사촌 동서와 강천산을 다녀온 뒤 마리아는 전에 없이 흔들리고 있었다. 그날 사촌 동서와 강천산 공원에서 듣던 '천년바위' 전설은 그녀에게 어떤 충격을 안겨 주었다. 암수 거북의 사랑이 이루어진다는 것이 그처럼 어렵다는 전설 속에는 뭔가 가슴을 울리는 것이 있었기 때문이다.

마리아는 자신의 결혼생활에 대해 차분히 생각하게 되었다. 과연 자신의 부부 관계는 어떤가? 결혼 후 부부는 사랑하는 사이인가? 이렇게 지난날을 돌아보면서 그녀는 쓸쓸한 생각을 지울 수 없었다.

강천산 가는 길에 동서에게서 들은 집안 이야기는 충격적이었다.

'어쩜 그럴 수 있을까? 부부간에 사랑은 그렇더라도 믿음만은 있어야 하지 않은가?'

딴은 이렇다.

그녀가 시집오기 전 남편은 은행 대출을 하여 형의 사업자금으로 건넸다는 것이다. 양봉을 합네, 버섯 재배를 합네 주야로 뛰어다니는 남편이 대출금에 대한 보증을 서 지금껏 갚지 못한 원금의 금리를 자신이 꼬박꼬박 물고 있다니 알다가도 모를 일이었다. 그러고서 아내에게는 감쪽같이 속여 온 그 배신감이 가슴을 저미게 하였다.

'내가 이 집에 노라의 인형으로 들어왔단 말인가? 아내에겐 매달 생활비도 주지 않으면서, 뭐가 필요하다 하면 그때 암만씩을 던져 주는 그것이 아내에 대한 처우란 말인가?'

그 같은 남편의 생활방식을 이해할 수 없어 따져 물은 것은, 신혼 초였다. 모처럼 둘이 마주 앉았을 때였다.

"남들은 월급을 타든 사업을 하든 봉투째 아내한테 맡기고 활동비만 가져간다는디, 당신은 한 번도 그런 적이 없어 이해가 안 가요."

"내가 봉투를 맡기든 말든 뭐가 문제야."

"뭐가 문제라니요. 그럼 아내를 믿지 않고 자기 식이 옳다는 거요?"

"딴소리 말고 내 식으로 따라하면 돼."

남편의 독선을 어찌하지 못하고 살아온 그녀였다. 그런데 결혼 생활 6년 만에 터진 것이 집 앞 상담 건이다. 시어머니가 살아 계실 때 남편은 자기 전답이라고 감쪽같이 속여 오다가 들통이 났었다.

그때도 이 문제로 가정의 불화가 있었으나, 남세스러운 일이기에 참아 온 것이다.

그러나 이번에 불거진 시숙의 은행 대출금에 대한 보증문제는 그대로 넘길 수 없는 일이었다.

마리아는 처음 그 이야기를 듣고 배신감에 치떨었다.

'난 빈 껍데기, 바보야……'

그녀는 남편에 대한 생각을 깡그리 바꾸면서 오토바이를 구입하였다. 하루 몇 차례 버스가 지나치는 산골마을에서는 오토바이 없이 기동력을 발휘할 수 없었다. 그녀가 일용노동자가 되려면 오토바이가 선결요건이었기 때문이다. 이른 봄 고사리나 참취 꺾을 때가 되면 인근 마을에서 새벽같이 품꾼을 찾는데, 오토바이를 가진 그녀에게는 특등 교섭이 들어온다. 단순히 몸만 가서 고사리나 취나물을 꺾는 것이 아니라, 그녀는 한두 명의 품꾼을 태워가기 때문에 일등 일용직원인 셈이다.

그녀가 일용노동자로 나선 후엔 기다란 머리카락을 싹둑 잘라 파마머리로 바꾸었다. 그녀에게는 마음의 혁명이요, 용모의 혁신이었다.

마리아는 아들 서대건에게 희망을 거는 수밖에 없었다. 그녀는 자립하는 마음을 갖기 위해 몇 가지 실천 계획을 세웠다. 아들의 학업을 위해 육신을 아끼지 않을 것과 자신의 수련을 위해 서예학원을 다니기로 하였다.

순창읍에 있는 서예학원은 오토바이를 이용했다. 들녘에서 흙일을

하다가도 오토바이 뒤켠에 농기구를 싣고 쏜살같이 신작로를 내달렸
다. 그녀의 서예학원 이력은 이리하여 10년간의 수련이 이어졌다.

산에 고사리나 참취를 꺾으러 품꾼으로 가면 일당은 녹록하게 벌
었다. 그녀는 낮뿐 아니라 야간에도 쏠쏠한 수익을 올렸다. 그녀가
특기로 하는 다슬기 잡이다.

초저녁에 나가 자정 무렵까지 15킬로 정도 건져 올리면 15만원
의 수입을 올렸다. 그녀는 진안에서 자랄 때 마을 앞 강물에서 남녀
서껀 물에 뛰어들어 헤엄을 쳤으며 수영 실력도 수준급이었다.

마리아의 희망이던 대건은 튼실하게 자라고 초등학교 입학을 앞
두고 있었다. 그녀에게 위안이 있다면, 그의 건강과 활발한 성품이
었다.

그해 겨울, 친정어머니는 진안성당 교우들의 꽃동네 방문길에 마
리아를 데리고 갔다. 충북 음성군 산속에 '꽃동네'란 간판이 높직이
세워져 있었으나, 건물은 아직 공사 중이었다. 그 깊은 산골에 어디
서 찾아 들었는지 관광차 수십 대가 몰려와 놀라움을 자아냈다.

꽃동네 설립 기념행사에 전국 각지의 사람들이 몰려들고 있었다.
그날따라 눈보라가 거세게 휘몰아치고, 점심은 야외의 눈발 속에서
이루어지고 있었다.

전국 각지에서 들이닥치는 사람들을 맞아 봉사자들은 연속 밥을
지어 날랐으며, 기다랗게 줄을 선 행렬에선 밥을 타다 어디고 빈 곳

에 앉아 먹기에 바빴다. 자리 위에 펼쳐놓은 국밥 속으로 눈송이가
녹아들기도 하였다.

숟갈로 어찌 밥을 떠넘겼는지 모르게 북적이는 자리에서 일어나
마리아는 한동안 물끄러미 서 있었다. 팔다리 없는 장애인은 더러
보아 왔지만, 살아 있는지 죽어 있는지 모를 삶들의 그런 모습을 보
며 그녀는 심장의 고동이 멎는 듯했다.

'주님, 어쩌면 저런 생명을 존재케 하십니까? 저런 몰골로 어찌
얻어먹을 수 있는 힘마저 허락지 않으십니까?'

마리아는 목멤 속에 눈물이 양 볼을 타고 흘러내리고 있었다. 자
신이 지금까지 가슴 아파하고, 외로워하고, 불행하게 여겼던 일들이
사치스러웠다는 생각에 자책감마저 일었다.

'주님, 저는 철없는 아이처럼 살아 왔습니다. 세상을 모르고, 생
명의 존귀함을 모르고 아둔하게 살아온 죄인입니다.'

이런 참회와 함께 고개를 숙이며 교구 쪽으로 걸어가자 게시판에
는 꽃동네 창설자 오웅진 신부의 어록이 게시되어 있었다.

> 꽃동네가 꿈꾸는 세상은 한 사람도 버려지는 사람이 없는 세
> 상, 모든 사람이 하느님같이 우러름을 받는 세상, 이웃을 내 몸
> 같이 사랑하는 세상입니다.

마리아는 오웅진 신부의 어록을 읽고 몇 발자국 걸어가는데, 누
군가 자신의 법명을 '수지타'라고 하면서 말을 걸어 왔다.

"이 꽃동네 나들이가 처음이신가요?"

"네, 이런 세상이 있는 줄 미처 몰랐어요."

"저도 처음 왔을 때 얼마나 충격을 받았는지 몰라요. 충북 음성 꽃동네는 의지할 곳 없고, 얻어먹을 수 있는 힘마저 없는 사람들을 위한 복지시설입니다."

"어머니를 따라 나선 저는 감격에 겨울 따름, 눈물이 쏟아질 뿐입니다."

"누구나 흘리는 참회의 눈물이겠지요. 저의 첫 번째 꽃동네 2박3일의 체험은 뜻 깊은 것이었어요. 사람들은 장애인에 대해 편견을 갖는데 '장애는 누가 나빠서 벌을 받은 것이 아니어요. 하늘에서는 누구에게나 장애를 주었습니다. 하지만, 우리가 보는 장애인들은 그런 장애가 좀 빨리 나타난 것입니다.' 이런 말을 듣고 가슴이 울컥했어요."

그러면서 수지타는 배영희라는 장애인 시인 이야기를 꺼냈다.

그 시인은 19세에 뇌막염을 앓아 앞을 못 보는 중증 장애를 앓았지만, 「나는 행복합니다」라는 시를 지으며 자신은 행복하다고 했다 한다. 수지타는 그 시인을 알게 된 후 지금껏 살아오는 동안 그다지 못 느꼈던 행복을 느끼게 되었다고 털어놓았다.

이런 충격적인 이야기를 듣고 나서, 마리아는 자신이 직접 장애를 체험하는 시간을 가지게 되었다. 청각 장애, 언어 장애, 시각 장

애를 부여받으며 숙소의 복도를 걸어가 되돌아오는 체험이 그것이
다. 보지도 않고, 귀도 들리지 않고, 말도 못하니 온몸은 그녀의 촉
감에 의지할 수밖에 없었다.

그녀는 또 관 속 체험을 하는데, 스스로 유서를 써놓고 관 속으
로 들어가는 그런 유다른 체험이었다. 유서를 쓸 때에는 자신이 걸
어온 길을 되돌아보게 되는데, 지금까지 누군가에게 도움을 주거나,
잘했던 기억은 온데간데없고, 누군가에게 잘못한 일들만 연이어 떠
올랐다. 특히 부모님에게 속죄하는 마음이 간절하였고, 젊어서 효심
을 다하지 못한 일이 떠올라 견디기 어려웠다. 유서를 쓸 때 이런
참회의 마음이 일어 뜨거운 눈물이 핏방울처럼 맺혔다.

그녀는 관 속에 들어 유서를 가슴에 안고 눕자 못 치는 소리가
들리고, 그 소리는 가슴에 못을 박는 듯한 아픔이었다. 그리고 한참
의식을 잃고 있을 때, 관이 열렸다. 그녀는 다시 살아났다. 그녀는
부활한 것이다.

마리아는 꽃동네에서 돌아온 후 새해가 시작하는 날부터 돼지저
금통에 동전을 모으기로 하였다. 그렇게 모인 돼지저금통을 12월이
면 깨트려 회비와 함께 꽃동네에 보냈다.

그녀는 부활 이후 새로운 인간으로 환골탈태했다. 그녀는 농촌의
여인이 되고자 했다. 화장하는 시간도, 옷을 가려 입는 습관도 말끔
히 그녀로부터 사라졌다. 낮에는 일용노동에 나가고 밤에는 다슬기
잡이 등으로 돈도 조금씩 더 저축할 수 있게 되었다. 게다가 아들

대건이 튼실하게 자라고 있어 마냥 행복했다. 그럴 때면 그녀는 두 손을 모으고 기도를 드렸다.

‘주님께 감사드리옵니다.’

자나 깨나 이런 기도를 드리던 1993년 그녀는 남편과 상의 없이 ‘사랑의 장기 기증서’를 작성하여 편지와 함께 꽃동네에 보냈다. 몇 달이 지나 꽃동네에서 발간하는 ‘꽃동네’ 회지에 그녀의 편지가 실렸다는 회원의 전화를 받았다. 곧 바로 부쳐온 책을 받아 보니 편지 내용이 실려 있었다.

> 요원의 불길처럼 타오르는 사랑
>
> 신부님 안녕하셔요! 저는 신부님의 높은 뜻을 사랑합니다. 신부님의 사랑으로 저의 소망이 완벽하게 이루어질 수 있다면 그 이상 무엇이 행복이겠습니까? 제가 언제 죽을지 모르지만 제가 죽으면 나의 몸이 부패되면 뼈나 해골을 의학대학에 보내 오래오래 학생들에게 연구하도록 써주면 행복하겠습니다.
>
> 그럼 오웅진 신부님 건강하시고 행복하시길 항상 주님께 기원합니다. 안녕히 계세요.
>
> 1993년 9월 14일 순창에서 마리아

회지에 실린 편지글을 읽는 순간, 그녀는 먼 훗날 자신의 몸이 누군가에게 연구 자료로 쓰인다는 생각에 절로 감격의 눈물이 쏟아졌다.

'이 기쁨을 남편과 같이할 수 있다면 얼마나 좋을까?'

이 같은 생각은 그녀의 바람이었으나, 남편은 그 속사정조차 알지 못하니 쓸쓸한 마음 가눌 길 없었다. 닥쳐올 운명은 알 수 없는 일, 남편에게는 자신의 참뜻을 알려야 하는데, 어떻게 알려야 하는가. 자신의 육신을 헌납해버린 이 사실을 그는 과연 이해할 것인가. 그녀에게는 홀연 고독감이 밀려왔다.

이 고독에 대해 우수의 철학자 키르케고르는 이런 시구를 남기고 있다.

나의 나뭇가지에는
갈가마귀도 날아와 앉지 않는다

남편과 뜻을 같이하지 못하는 그녀의 안타까움은 키르케고르의 시구에서 느끼는 그러한 고독의 적막감에 다름 아니다.

어느덧 겨울이 다가오고 그녀는 여전히 벙어리 냉가슴을 앓고 있었다. 마을 앞 다리 위에 눈 내리는 밤, 그녀는 강가에 서서 죽음처럼 고요한 강물에 넋을 빠뜨린 채 독백을 외고 있었다.

'편지를 써놓고 친정으로 숨어 버리자.'

그날 밤 긴 사연을 적어놓고 그녀는 여섯 날 난 아들을 데리고 친정으로 도망쳤다. 남편의 놀라움은 컸다. 그는 시퍼렇게 질린 얼굴로 그녀의 친정으로 달려왔다.

"당신을 아내라고 믿고 사는 내가 바보지! 남편도 있고 자식도

있는데, 당장 내일이라도 당신이 사고를 당했다고 치자. 당신을 꽃
동네로 실어 보내는 광경을 그저 바라보고만 있으란 말인가? 그러
려거든 아주 가버려!"

이성을 잃고 토해내는 남편의 저항이었다. 남편의 그러한 심정을
모를 리 없지만, 마리아는 자신의 진심을 이해해 주기를 바랄 뿐이
었다.

"당신 절대로 나보다 먼저 죽지 마!"

이 한 마디를 내뱉고 그는 한숨만 내쉬고 있었다.

서양 격언에 "아내가 없는 남편은 잎이 없는 나무"와 같다 했던
가. 독신으로 지내는 남자는 아내를 가진 사람과는 다른 점이 있다
는 것이다. 그것은 인생에 대한 윤기가 덜하다는 점일 게다. 이것은
반대로 "남편이 없는 여자는 잎이 없는 나무"와 같다 할 수 있다.
아무리 사이좋은 부부라 할지라도 생애 동안 네 번은 '부부의 위기'
를 맞는다고 한다. 이때 그 위기의 원인은 고부간 갈등이나, 아이의
교육문제 또는 금전문제, 남자의 바람기 등을 꼽을 수 있다. 역으로
여자의 바람기도 생각할 수 있다.

마리아의 경우는, 세 번째의 금전문제와 종교문제일 터. 앞에 든
네 가지 중 하나가 크게 상반되거나 엇박자로 돌아갈 때 부부관계
는 흠 구멍을 면키 어려우리라.

합의 이혼

마리아는 모처럼만에 거울 앞에 앉아 본다. 그날따라 엷은 화장을 했다. 아들을 만나러 학교 합숙소로 가기 위해서였다. 그녀가 화장을 안 한 것은 십 수 년이 된다. 친정어머니를 따라 꽃동네에 다녀온 후부터 화장대 앞에 앉아본 적이 없었으니 말이다. 그래서 화장대 앞에 앉는 것이 퍽 낯설게 느껴졌다.

마리아는 짐짓 마음의 결심을 한지라 아들을 먼저 만날 생각이었다. 누구보다도 그를 믿고 사랑했기 때문이다. 토요일 오후 시간이라 그는 한가한 시간을 보내고 있었다.

아들의 뒤를 따라 운동장 가로 플라타너스 잎들이 드리워져 있는 의자에 그녀는 걸터앉았다.

"네 공부는 어때?"

"대충대충 하고 있어요."

"이 녀석, 어영부영하면 학원서 쫓겨난다."

"그런 염려 놓으셔도 된다니까요. 내 알아서 하고 있으니까 엄마는 걱정 않으셔도 돼요."

겉보기에 슬슬 하는 것 같았지만, 녀석은 우수한 성적을 유지하고 있었다.

그가 고2때 고장인 순창에 학원이 생겼는데, 이 학원은 군수가 운영하는 사설학원이었다. 군내 각급 학교의 우수생 2명씩을 선발, 영어·수학을 가르치는 데 일체의 학비를 면제했다. 전주와 광주의 유명 교사를 초대하여 고장의 영재를 육성한다는 취지였다. 대건은 이 학원에서도 발군의 성적을 내고 있었다.

이렇게 말머리를 꺼낸 마리아는 대건에게 자신이 찾아온 용건을 알리며 나직이 말했다.

"너도 알다시피 나는 늬 아버지와 물과 기름같이 살아왔다. 너도 이제 성년이 되어 내 말뜻을 알 것이다. 난 결혼생활 22년 동안 한 번도 네 아버지한테 정해진 날에 생활비를 받아본 적이 없다. 내가 외할머니를 따라 음성에 있는 꽃동네를 찾아갔을 때 불쌍한 장애인들을 보고 얼마나 울었는지 넌 모를 것이다. 난 7대째 내려온 천주교 가정에서 자랐지만, 그처럼 혹독한 삶이 있다는 것을 처음 알았다. 나는 그 후 '사랑의 장기 기증'을 하기로 마음먹고 이를 네 아버지와 한 마디 상의 없이 결정하고, 너를 데리고 네 외가로 도망쳐

갔다. 네 나이 여섯이었으니 너도 어렴풋이 생각날 것이다. 나는 늬 아버지와 이혼하기로 결심하고 널 찾은 것이니, 넌 아버지 모시고 살아라. 넌 대학 진학도 하고 네 인생을 스스로 개척해 가라. 대학 진학은 적금 든 것이 있으니 네 학비에 보태마.”

“어머니 심정 모르는 바 아니지만, 한 번만 다시 생각해 보셔요.”

“아니다, 이건 하루 이틀 생각한 것이 아니야. 뼈에 사무쳐 온 일이었어.”

“정 그러시다면 전 어머니를 따라 살고 싶어요.”

대건의 그 말에 그녀는 눈가에 맺힌 눈물을 뒤돌아 닦아냈다. 아들의 마음을 읽은 마리아는 오토바이에 올라 집으로 돌아왔다. 집에 돌아온 그녀는 목이 타는지 냉수를 들이켜고 서호 강으로 향했다. 그녀가 다슬기 잡이를 하던 곳이다. 쪽빛 하늘 아래 강바닥 모래가 환히 들여다보였다.

그녀가 처음 이 강물에 뛰어들던 밤, 가슴 조이며 슬픈 사연들을 되씹어야 했다. 이제 그런 사연들도 아련한 추억으로 되살아나고 있다. 그래서 이 한낮의 쓸쓸함도 이 강물과 함께 다정한 친구처럼 가슴을 적셔주는지도 모른다.

그날 아침 그녀는 일터에 나가는 남편에게 일찍 귀가하도록 청했다.

“오늘 저녁은 오징어 튀김을 할 테니 외식 말고 일찍 오시오.”

오징어 튀김은 남편이 술을 마실 때 즐겨 먹는 메뉴다. 여느 때와 다른 아내의 호의에 남편은 고개를 갸웃해 보지만, 뚜렷한 속내를 짐작할 수는 없었다. 모처럼 화해를 제안하려는 것인지, 혹은 숨겨둔 속내를 드러내 냉전을 선포하려는 것인지, 지레 짐작이 어려웠다.

남편이 일터에서 돌아오기가 바쁘게 마리아는 술상을 내놓으며 천천히 말을 꺼냈다.

"술 한잔 들면서 들으시오. 당신도 알다시피 우리 가정은 물 엎질러진지 오래요. 그걸 이제 와서 가타부타 따질 생각은 꿈에도 없어요. 난 하나밖에 없는 아들을 대학에 보낼 재력이 있소. 낮에는 산에 올라 고사리를 캐고 밤에는 강에 나가 다슬기를 잡아 그것을 팔아 한 푼 한 푼 10년 넘게 적금해 왔으니, 당신한테 돈을 타지 않아도 대학에 보낼 수 있소. 이제 아들 문제만 해결된다면 주저할 것이 없으니, 미련 없이 합의 이혼합시다. 당신이 핑계를 대고 거부할까 싶어 난 친정 오빠를 통해 법에 대해 알아봤소. 이 문제를 법정에 가져간다 해도 승리는 내 것이요. 큰 망신을 사기 전에 당신은 내 제의에 따르시오. 아들은 내가 키우겠소."

남편은 아차 싶은 생각에 머리를 굴려 보지만, 이미 때가 늦은 것을 알아 차렸는지, 입술을 굳게 닫고 있다가 빈 술잔에 연거푸 술을 따라 마신 뒤 힘없이 말했다.

"정 그렇다면 당신 뜻대로 해."

이 한 마디를 남기며 문을 박차고 나가버렸다.

이튿날 서둘러 아침상을 물린 마리아는, 남편이 뭔가 머뭇거린다는 눈치를 채고 집을 나서자고 말했다.

"쇠뿔은 단김에 빼랬다고 당신 어서 나서요."

아내의 다그치는 말에 이끌려 부부는 마을 앞 버스정류소로 터벅터벅 걸어 나갔다.

부부는 남원행 버스에 올랐다. 지방법원이 있는 그곳으로 가기 위해서였다. 버스는 오래지 않아 남원읍에 이르고, 그들은 법원을 향해 걸어갔다.

법원에 들러 서류신청을 한 뒤 이혼에 관한 기재 사항을 써 넣고, 각각 서명을 한 서류를 직원에게 내밀었다. 서류를 접수한 여직원은 대기실 의자에 앉아 기다리라고 말했다.

의자에 앉아 기다리는 동안 마리아는 눈을 지그시 감고 이런 생각을 해본다.

'어찌 내 운명이 이리 됐는가? 풀잎에 아롱진 이슬을 보고도 마음이 움직이던 내가 아닌가. 꽃동네에 가서 장애인을 만나서는 어찌 했는가. 사람이 보아서는 안 되는 장애인들의 그 처절한 모습…… 그 순간 나는 어떤 깨달음을 얻었는가?'

이런 생각에 잠기면서 그녀는 마치 자신들의 처지가 죽어서 저승 문에 와 있다는 환각을 일으켰다. 사람이 죽어 저승 문에 가면 이마에 뿔이 돋은 저승사자가 뭉툭한 쇠몽둥이를 들고 서서 부리부리한 눈알을 굴리며 내지르는 소리에 망령들은 까무러친다는데……

이윽고 차례가 되어 부부는 판사 앞에 나아가자, 서류에 적은 내용을 훑어 내리더니 먼저 마리아에게 물었다.

"이 이혼 신청은 황귀례 씨가 먼저 제기한 것입니까?"

"네."

"서상일 씨는 이에 동의합니까?"

"……."

"서로 이의가 없는 거지요. 그럼, 두 사람이 합의한 것으로 처리하겠소. 단, 미성년인 아들에 대한 양육비는 부인이 청구할 수 있습니다."

판사는 마리아를 향하여 말했다.

"판사님, 그건 필요 없으니 그대로 처리해 주십시오."

"그렇다면 좋소. 두 사람은 자기 이름 끝에 도장을 누르되, 이 서류를 3개월 안에 면사무소에 제출해야 효력이 발생합니다."

서류 맨 끝에 판사의 기명과 관인을 누른 서류봉투를 돌려받은 두 사람은 법원을 나와 버스정류장으로 발걸음을 재갔다. 그들은 저승 문에서 저승사자의 심문을 마치고 나오는 심정이었다.

짐짓 죄짓지 않고 살려고 애써온 마리아, 꽃동네에 가서 깨달음을 얻은 후 그녀는 부활하지 않았는가. 그녀는 이전의 사람이 아니었다. 그런데도 판사 앞에 나서자, 온몸이 떨리는 것은 어인 일인가.

집에 돌아오자 쪽마루에 걸터앉은 서상일은 깊은 한숨을 내쉬더니 개미소리 만하게 뇌었다.

“여보, 그 서류 한 달만 참아 줄 수 없소.”

“안 돼요. 이미 끝난 일을 가지고 딴소리 말아요. 이 서류는 내일 면사무소에 접수시킬 거요.”

그녀는 단호하게 잘라 말했다.

이튿날 ‘이혼합의서’를 면사무소에 접수시킨 그녀는, 그곳을 나오면서 몸이 붕 뜬 기분이었다.

그녀는 이 세상의 모든 속박으로부터 아니, 자신을 옥죄고 있는 마음의 감옥으로부터 해방되는 그런 기분이었다. 그리고 자신이 안고 있는 윤리의 굴레로부터 벗어나는 자유로움이었다.

하지만 이제부터의 삶은 지금까지와는 전혀 다른 길이라는 것도 그녀는 다짐하고 있었다.

그날 마리아는 군청에서 실시하는 간병사 자격증 취득을 위한 강의를 듣는 중이었다.

“혹시 이분들 중에 차 가져오신 분 안 계세요.”

마리아는 귀가 번뜩 띄어 손을 들자, 구 면장의 부탁이라며 쌀 몇 가마를 장덕리까지 실어다 달라는 것이었다. 군청에서 그곳까지는 6킬로 남짓한 거리다.

마리아는 자신의 차에 구호미를 싣고 가, 그 마을 이장에게 넘겨주고 나서 혹시나 하고 물었다.

“이 동네에 빈집이 없을까요?”

"빈집이라, 마침 구 면장님이 와 계시니 가서 물어 보이소."

마리아는 이장이 가리키는 집으로 걸어가 인사를 한 다음 거두절 미하고 물었다.

"면장님, 이 집 비어 있다는디 와서 살아도 됩니까?"

"누가 말이요?"

"제가 살고 싶어서요."

"보아하니 와서 살아도 되것그만……."

구 면장은 반농조로 하는 말이었다.

"근데 뭣땀시 이녁 집을 두고…… 살림은 을마나 되는디?"

"네, 살림은 제 몸하고 책 몇 권뿐이니 걱정 안 하셔도 되지라 우."

"아니, 댁이 이사를 한다는 말이요?"

이렇게 수월하게 빈집을 찾게 되어 그녀는 홀가분한 마음으로 집 을 얻어내고 짐을 옮기게 되었다.

마리아는 곧 살던 집에 돌아와 자신이 쓰던 안방의 장롱에서 옷 가지를 꺼내 그중 일부를 불더미 속에 내던졌다. 그리고 책장 앞으 로 다가가 챙겨야 할 소설책, 시집 등과 아들의 책을 골라 자신의 차에 차곡차곡 실었다.

그녀가 오토바이 대신 중고차를 구입한 것은 사치가 아니라, 생 활전선에 적극적으로 나서기 위해서였다. 회문산과 강천산 등 첩첩 산중인 순창에서 기민하게 움직이기 위해서는 교통수단은 필수적인 조건이었다.

그녀는 산마을을 터전으로 하는 일터에서 한 걸음 나아가 간호사 자격증 취득 등 사회 활동을 목표로 차츰 생활 패턴을 바꿔가고 있었다. 그녀가 자가용을 굴리면서 마을의 할배, 할매들로부터 인기가 높아졌다. 그럴 것이, 읍내에 나가야 구입할 수 있는 약이라든가 일용품 등 생활필수품을 할배들은 그녀의 움직임을 눈여겨보다가 부탁을 하면 척척 해결되었기 때문이다. 그녀에게 자가용은 생활을 위한 필수품이었다.

마리아는 짐을 다 꾸리고 나서 창가로 다가갔다. 창으로 내다본 뒷산의 풍경이며 하늘에 무심히 떠가는 구름을 보며, 인간사가 무상하다는 생각이 들었다.

저 구름은 하늘을 떠돌다 어디로 흘러갈까. 솜털처럼 가볍게 머흘머흘 떠돌다 하루가 지나면 어느 항구 바닷가에 머물다 소낙비로 쏟아지기도 하고, 다시 수증기로 떠올라 검은 구름이 되어 대양을 넘어 낯선 이국 하늘에 조각배처럼 떠 있기도 하리라.

그런 생각을 하면서 자신의 처지 또한 덧없다는 생각이 밀물처럼 가슴에 파고들었다.

마침내 그녀는 뜰로 천천히 걸어 나왔다. 운전대에 오른 그녀는 시동을 걸면서, 이 집과는 마지막이라는 생각에 가슴은 촉촉이 젖어 있었다.

장덕리 빈집에 이르자 마리아는 짐을 한쪽에 놓아두고 자신이 거처할 안방 청소를 하기 시작했다. 청소를 마친 뒤 얼굴을 씻고 새 옷으로 갈아입었다. 느지막이 저녁 식사를 빵 두 개로 때우고 아랫목에 요를 깔아 자리에 누워보지만 오한기가 밀려오고 으스스한 생각에 눈은 좀처럼 감기지 않았다.

'내가 살려고 발버둥쳐 온 것이, 고작 이 꼴이 되려고 그랬단 말인가?'

이런 한심한 생각에 두 눈에서는 눈물이 이슬처럼 맺혔다. 그런데 자정 가까이 이르러 천장에서는 쥐생원들이 달리기 경주를 시작하는지, 피곤에 지친 잠마저 설쳐놓고 만다. 그녀는 쥐들을 잠재우려고 밤새 불을 켜놓고, 침침한 눈으로 책장을 뒤적이면서 먼동이 트는 새벽을 맞이하였다.

그런데, 이 빈집에 옮겨 살면서부터 예상치 못한 일들이 생겨났다. 그녀가 이사한 후 일주일째 되는 휴일이었다.

"이사 때 도와드리지 못해 미안해, 엄마."

"괜찮아, 학생이 공부해야지 무슨 소리…… 근데 늬 다니는 '인재숙'에 환경미화원을 구한다는 말 들었어. 내 거기 가서 일하면 안 되겠니?"

"엄마가 좋다면 하는 거지 무슨 상관이야."

"난 늬 체면을 생각고 하는 소리야. 늬가 어색해하지나 않을까 해서……"

"상관없어 엄마. 난 인재숙에서도 인정받는 학생이야. 그러니 아무 것도 거리낄 것 없어."

수일 전 인재숙에서 일할 미화원을 천거해 달라는 의뢰를 받고 읍사무소에서 마리아에게 의사를 물어온 적이 있었다. 그때 그녀는 이혼 수속을 밟던 중이라, 뒤로 미루어 오던 것을 마침 아들이 오자 그것을 상의하는 것이었다. 아들의 체면 때문에 망설이던 것인데, 그가 흔쾌히 동의하여 마리아는 인재숙의 임시 미화원으로 일하게 되었다.

하루는 인재숙에 나가 1층 청소를 마치고 잠시 의자에 앉아 쉬고 있는데, 대건이 달려와 청소기를 2층에 들어다 주겠다고 자청했다.

"이 녀석. 창피하지도 않아. 어서 공부하러 가."

"어머니, 신경 쓰지 말아달라고 했잖아요."

마리아는 아들의 그런 의젓한 모습을 보고 입가에 방긋 미소가 어렸다.

그녀는 낮엔 미화원으로 나가 일하고, 밤엔 강으로 나가 다슬기 잡이를 했다. 그 일을 마치고 돌아오면 자정이 넘는 시간이다. 밤낮을 가리지 않고 뛴다는 그녀의 풍문은 온 고을에 퍼지고 있었다. 이런 풍문을 수소문했는지 하루는 다슬기를 납품하러 갔는데, 사무를 마치자 납품업자 사장이 잠깐 보자며 귀에 대고 소곤거렸다.

"황 여사 고생이 많다고 하던데 내가 좀 도와주면 어떨까?"

납품업자 정만조 사장은 부자로 알려진 인물이다. 그녀의 아들이

다니는 인재숙에도 원조금을 지원하고 있었다.

"사장님, 고마운 말씀이지만 전 사양하렵니다. 생선 장사도 아이 두셋을 대학에 보낸다는디 전 아들 하나를 대학 못 보내겠습니까. 저도 자식 하나쯤은 책임졌다는 소리 듣고 싶으니 방해하지 말았으면 좋겠소"

"그렇다면 다른 방법으로 도와주면 어떨까?"

"그것도 싫습니다."

"그도 싫다면 군수한테 얘기해서 군청에 일자리를 구해준다면……."

"그것도 사양하겠습니다. 군청 일자리는 공공근로가 가능한데 사장님이 굳이 부탁하시지 않아도 해결 되니까요"

겸손한 말투였지만 그의 호의를 시종 거절하다보니 그녀는 도리어 미안한 생각이 들었다. 그러자 정 사장은 권유하던 것을 단념하고, 이번에는 의미 있는 말을 남겼다.

"사람은 누구나 어려울 때가 있는 법, 혹 어려운 일이 있으면 서슴없이 말해 줘요"

이런 일이 있은 보름쯤 지나 그녀에게 누군가 1백만 원을 부쳐왔다. 알고 보니, 정만조 사장이 운영하는 단체에서 보낸 돈으로, 명목을 그럴싸하게 붙인 협조금이었다.

마리아는 장덕리 빈집에 옮긴 지 두 번째 봄을 맞이하고 있었다.

울타리 가에는 개나리가 노란 웃음을 방싯거리더니 뒷동산에는 진달래가 핏빛 꽃물을 터뜨려 온 산은 신록으로 물들어 가고 있었다.

봄은 여자의 계절, 가을은 남자의 계절이라 했던가. 마리아의 봄날은 덧없이 흘러가고 있었다. 이런 주말이면 기다리던 대건이 인재숙 합숙소에서 찾아 주었다. 그녀에게는 둘도 없는 보배요, 희망이었다.

"대학은 어디로 정했느냐?"

"인재숙 학생 가운데 서울 S대를 가겠다는 애도 있지만, 전 J대를 갈까 해요."

"서울 S대는 꿈도 못 꾸는 가부지."

"장담 못 하지만, 지방대에 들면 우수 학생에게 주는 장학금이 있걸랑."

"엄마 고생 덜어주려고…… 효자 하나 생겼네."

이런 농을 주고받으면서 마리아는 의젓하게 자라는 아들을 대하니 대견스럽게 느껴졌다.

그 후 대입 시험을 치른 대건은 J대에 1학년 전 학기 장학생으로 합격했다. 이 소식을 들은 서상일은 인근 마을에서 아들과 만나기로 약속이 된 모양이었다. 그는 아들의 합격을 축하해주기 위해 그곳에 약속을 했었다. 아들을 두고 아버지와 어머니는 따로 만난 것이다.

J대 입학 후 군 소집을 받고 대건은 그의 희망대로 해군에 입대

하였다. 입대 후 해군본부에서는 그를 해군사관학교로 추천했다. 소집된 학생 가운데 우수생을 선발하여 레이더 연구를 시키기 위해서였다. 해군사관학교 응시 성적은 학과 점수 A학점에 수영 성적 또한 최고점수를 따 사관학교 2년생으로 편입학했다.

어머니의 도움 없이도 그는 당당한 사관생이 되고, 급기야 임관식이 있는 날이었다.

서대건 군의 임관식이 있던 날, 아버지에게도, 어머니에게도 각기 임관식에 참석하라는 연락을 받고 두 사람은 각각 다른 행보로 진해 해군사관학교로 향했다.

귀수 마수

마리아는 장덕리에 나앉은 지 2년째 봄을 맞고 있었다. 그날 새벽잠이 깨었을 때 꿈자리가 뒤숭숭했다. 여느 때와는 달리 눈을 떠도 앞이 침침하고 하품이 연이어 뿜어져 나왔다. 그 뒤숭숭한 꿈자리에 이상한 예감이 들어 이웃집 할매를 찾아 갔다. 신기가 있는 할매로 알고 있었기 때문이다.

"전주댁, 언제부터 이러우?"

마을 노인들의 읍내 나들이며 약방 심부름 등 마리아의 자가용은 고루 편의를 봐주었기 때문에, 이 동네 와서는 칙사 대접을 받고 있었다.

"새봄 들어 왠지 몸이 나른하고 꿈자리가 사납더니 그래유."

"귀신이 따라 붙은 게여."

이런 말이 오간 끝에 겁이 난 마리아는 차를 몰아 읍내 병원으로 달려갔다. 평소 알고 지내는 G병원을 찾아 자신의 증상을 말했다.

"봄 되면 젊은 여인들 바람이 난다는데 봄바람 탓이겠지."

"원장님, 그것이 아녀요."

"아니긴…… 요즘 흔히 있는 우울증 증세요. 집에 혼자 있지 말고 마을 젊은이들과 꽃놀이도 가고 재미나게 살아요."

그녀는 심각하게 묻는데 원장은 싱글벙글 장난말만 늘어놓는다. 새침해진 그녀가 자리에서 일어서려 하자 원장은 "잠깐!" 하면서 처방전을 손에 쥐어주며 말했다.

"요 아래 강천약국에 가서 이 약 드시고 효험이 없거든 다시 와요."

싱겁기 그지없는 의사의 권고였다. 그녀는 약방에 들러 처방전에 적힌 약봉지를 사들고 심드렁하게 돌아왔다. 저녁 식사를 뜨는 둥 마는 둥 앉아있는데 옆집 할매가 선걸음으로 집을 찾았다.

"전주댁, 병원에 간 일은 어땠어?"

"말도 마셔요. 봄 되면 누구나 걸리는 어질병이라면서 달랑 이 봉지약 하나 사먹으랍디다."

"그런께 요즘 의사 못 믿는단께. 그러지 말고 내 잘 아는 스님이 있응께 고리로 같이 가보세."

할매가 돌아가고 자리에 누운 지 얼마가 지났을까. 뒤숭숭한 꿈에 토끼잠이 이어졌다. 그러다가 자리에 뒤척이며 겨우 눈을 붙였는데, 어인 노인이 나타나 말을 걸어 왔다.

“오랜만이구나. 늬 생각이 나 먼 데서 찾아온 거여.”

“아니, 어머님 아니셔요?”

시어머니가 또 나타난 것이다. 간헐적으로 꿈에 나타나면 골머리가 아팠었다.

“어머님! 어머님이 찾아온 뒤로 마음이 흔들리고 이상해요.”

“금매, 내가 그땀시 온 거여. 내 죽기 전 늬가 돌봐준 정 내가 어찌 잊겠냐. 그래서 너한테 약속한 대로 그때 비단과 돼지 새끼를 몰고 갔지 않았느냐. 근데 말다, 너는 내 가슴에 못을 박고 말았어.”

“어머니, 무슨 말씀이셔요?”

“이번엔 내가 속엣말 다 할끼다. 너를 믿은 내가 잘못이었어. 어쩐다고 앞날이 창창한 아들까지 낳아준 남편을 버리고 집을 뛰쳐나갈 수 있어.”

“어머님 그건…….”

“시끄러, 듣기 싫어!”

이렇게 시어머니의 망령이 사라지고 나서 소스라쳐 깬 그녀는 가쁜 숨을 내리쉬며 방안을 혼자 빙글빙글 돌고 있었다. 아차 하는 생각에 전등을 켜고 거울 앞에 나서자 헝클어진 머리와 초점을 잃은 눈동자, 잠옷 입은 모습이 흡사 미친 사람을 떠올리게 했다. 무거운 머리는 금방 앞으로 쓰러질듯 한 형상이었다.

마리아는 그만 자리에 푹석 주저앉고 말았다.

‘내가 무슨 죄가 많다…….’

그녀는 오한기가 온몸을 죄어오자 오들오들 몸을 떨기 시작했다.

새벽닭이 울고 나서 앞산머리에 아침 햇살이 부챗살처럼 꽂힐 때 옆집 할매가 그녀의 집에 들렀다.

"전주댁, 어쩐가 싶어 왔어."

할매의 목소리를 듣고 마리아는 울컥한 감정이 얼굴에 내비쳤다. 그녀의 얼굴을 살피던 할매는 딸에게 하듯 그녀의 등을 두드리면서 말했다.

"이대로 두면 안 되네. 내 아는 스님한테 가 잡신을 거둬내야 해."

"말씀은 고맙지만 전 천주교 신자예요. 그러니 스님께 간다는 건 어려워요."

"그런 소리 말어. 귀신을 내쫓는디 무슨 천주교가 있고말고 해. 자네 몸속에 박힌 귀신한테 잡혀가도 말인가?"

할매는 성화를 내면서 말했다. 그 바람에 그녀는 어찌할지 몰라 한동안 눈을 감고 있다가 힘없이 말했다.

"그럼 시키는 대로 할게요."

그날 마리아는 할매와 같이 강천사 스님을 찾아 갔다.

"스님, 이웃 사는 착한 사람이 이 지경이니 살려 주서라우."

할매의 간청에 마리아를 뚫어지게 보던 여승이 물었다.

"지금 앞머리가 무겁지요?"

“그걸 어찌 아셔요?”

마리아는 놀란 듯이 말했다.

“시방 한 노인네가 당신 앞머리를 틀어쥐고 있어. 친어머니는 아 닐 테고 혹시 시어머님이 세상 뜨셨는가요?”

마리아의 눈에는 눈물이 그렁그렁 맺히고 있었다.

“네, 한 해 전에요.”

“약을 먹거나 의사를 찾은 적은 있어요?”

“병원을 갔더니 우울증세라며 알약을 먹은 적이 있어요.”

“댁의 몸에는 시어머님의 영이 붙어서 그런다우.”

“스님, 전 시어머님이 돌아가시기 전 극진히 돌봐드리고 나중엔 아기처럼 업어드리기도 했어요. 그랬더니 하시는 말씀이 이 고마움 어찌 갚을까 하시면서 나 죽거든 꼭 좋은 소식 갖고 찾아가주마 하 셨어요.”

“그래 찾아 오셨던가요?”

“몇 달 후에 오셨는디 비단과 돼지를 몰고 오셨어요.”

“그 후로 집안에 무슨 궂은일은 없었고요?”

그녀가 머뭇거리고 있자 여승은 솔직히 말하라고 재촉했다.

“궂은일이라면 제가 남편과 합의 이혼을 했어요.”

“바로 그거라오. 아들과 이혼을 했으니 시어머님이 얼마나 상심 했겠소 시어머님의 영이 한을 품게 된 거요.”

시어머님의 영이 원한을 품게 되어 자신의 육신에 붙어 괴로움을 준다는 것이었다. 그녀는 생각을 더듬어 보니, 스님의 말이 이해가 되었다.

7대째 천주교 가정에서 자라난 마리아가 이런 의외의 체험을 한 것은 시어머니의 죽음 이후에 나타난 현상이었다.

이 병명을 한국에선 '빙의'라 하고, 미국에선 '포제션'이라고 한다. 이 병세는 인간의 죽은 혼이나 자력과 같은 어떤 힘, 또는 절대적인 자의 영향으로 새로운 인격이 나타나 이전과 다른 사람의 행동을 하게 되므로, 그대로 놓아두면 자살과 같은 끔찍한 일도 생길 수 있다는 것이다.

스님은 빙의된 영을 거두기 위해 구병시식이 필요하다며 다음에 올 때는 평소 입던 속옷 한 벌을 준비해 오라고 일렀다.

구병시식을 하던 날 스님은, 시어머니의 이름을 적으라고 하였다. 그녀가 시키는 대로 하자, 그것이 망령의 위패 앞에 놓였다.

"마리아님, 식을 하는 도중에 울음이 나오거나, 하고 싶은 얘기가 있거든 실컷 울고 속엣말을 하셔요."

마침내 구병시식에 들어가자 스님은, 영을 불러내어 달래고 어르고 하였다.

"뜻밖이셨죠. 며느님이 아들과 헤어져 살게 됐으니 정말 뵈올 면목이 없어요. 하지만 그렇게 찾아 주시니 며느리 머리가 아프답니다. 이제 그만 노여움 푸시고 좋은 세상으로 편히 가셔요."

스님은 망령에게 간곡한 말을 다 하지만 빙의된 영은 쉽사리 그녀의 몸에서 빠져나오려 하지 않았다.

"그만 노여움을 푸셔요. 며느님이 많이 아프대요. 살아 계실 때 시어머님을 잘 모시지 않았던 가요. 그 정을 돌아 보셔요."

스님이 빙의된 영과 끈질기게 줄다리기를 하는 동안, 그녀는 고통 속에 울부짖으며 몸부림을 했다. 이런 사투의 시간이 흘러 온몸이 땀으로 젖어들 즈음, 그녀가 몸을 떨며 흐느끼기 시작했다. 그녀 안에 잠자고 있던 감정들을 모조리 씻어내려는 듯이.

마침내 그녀가 "어머님!" 하고 외치면서 통곡을 하는 순간, 그녀의 몸을 빠져나온 영이 환상처럼 그녀의 눈에 어렸다.

시어머니의 영이 이승에 대한 미련을 버리고 떠나려는 순간이었다. 스님은 시어머니를 좋은 세상으로 보내드리기 위해 영가 천도문을 읊조렸다. 그때 망령은 다소곳이 그녀의 곁을 떠나갔다.

며칠 후 그녀가 스님을 찾아 갔을 때다.

"머리는 좀 어때요?"

"무거운 기운이 사라졌어요. 거짓말 같아요."

그녀는 정말 고마워했다. 지난 날 빙의로 인해 고통 받았던 시간들이 믿기지 않은 듯이 쾌활한 표정으로 말했다.

그녀는 건강을 회복하고 일상의 생활로 돌아와 있었다. 어느 날, 면장이 그녀의 집을 방문하여, 손아래 동생이 직장을 놓고 이 고을에 와서 하우스 재배를 하게 됐으니 이 집을 비워달라는 것이었다.

"그간 신세를 많이 졌습니다만 가을까지 기다려 주셔요."

"그랬으면 좋겠으나 봄철부터 일을 시작하기로 된 모양이요. 그러니 사정이 딱하오."

집주인이 이렇게 말하니 더는 사정을 봐 달라 할 수 없었다.

"정 그러시다면 집을 구한 대로 짐을 옮기겠소."

이 빈집에 들어와 산 지도 어언 두 해를 맞고 있었다. 마리아는 적성면사무소로 차를 몰아갔다. 그 면사무소에 가서 급매로 나와 있는 집이 있는가를 알아보기 위해서였다. 그녀의 사정이 급하다는 것을 알고 면직원은 지북리까지 동행하자고 했다.

퇴근시간이 되자 그녀의 차에 면직원을 태우고 신작로를 내달렸다. 그들이 지북리 이장을 찾아가니 때마침 들일을 마치고 이장이 돌아와 있었다. 면직원은 이장과 수인사를 나눈 후 그녀와 동행한 용건을 말하자 고개를 끄덕이며 말했다.

"가만 있자…… 얼마 전 지북리서 이사 간 집이 있는데 그 집을 보실까요."

일이 진척된 것을 확인한 면직원은 돌아가고, 그녀는 이장을 따라 지북리 빈집을 찾아갔다. 그들이 찾은 집은 서호강을 휘돌아 내려오는 산줄기 아래 기다랗게 벋어 있는 마을로 백여 호 되는 동네였다.

신작로 맨 가에 커다란 회관이 있고, 그 중간 골목을 따라 들어가면 백년 묵은 느티나무 두 그루가 서 있는데, 거기서 오른쪽으로 굽어드니 30여 평되는 터에 벽돌집 한 채가 시야에 들어왔다.

"저 집인데 한 번 둘러보고 의향이 있으신지……."

이장이 마당가에 서 있는 동안 마리아는 이장으로부터 열쇠를 받아 집안을 두루 살피다가 이장을 불렀다.

"이장님, 여기 좀 와 보셔요."

이장이 성큼 마루로 올라서자 그녀는 현관 쪽을 가리키며 물었다.

"현관 쪽 벽을 허물고 큰 창을 내면 집안이 밝겠는데 이장님 생각은 어떠셔요?"

"밝기로 말하면 그러고 말고……."

"그런데 이 집이 얼마라 했지요?"

"글쎄, 아까 말한 대로 일억은 손에 쥐어줘야 한다는디……."

이러구러 집값 흥정을 하다가 갑자기 말머리를 돌려 그녀가 캐어물었다.

"이장님, 근데 좀 전에 제비가 날던데 전 제비를 어려서 보고 처음이여요."

"거봐요. 이 집에 제비가 날아든다니 길조요. 요 근래 제비가 씨도 없이 사라졌다는디……."

아닌 게 아니라 이 고장에서 제비가 모습을 감춘 지는 꽤 오래전의 일이다. 도시의 젊은이는 그렇다 치고, 시골 젊은이에게 물어도 제비에 대한 기억이 희미하고, 귀밑머리 샌 노인이라면 옛날을 떠올릴지 모른다. 수십 년 또는 반백년의 세월이 흘렀고, 어찌 보면 이 땅에 전쟁이 나면서 놀란 제비의 모습이 사라졌는지도 모르는 일이었다.

예부터 제비는 봄에 와서 인가의 처마 밑에 집을 짓고 늦가을에 강남으로 떠나던 정겨운 새다.

"금매, 제비가 날아와 집을 짓는다면 좋은 일도 생기겠지요."

그녀는 우스갯소리로 이렇게 받아 넘겼다.

마리아가 지북리에 이사 온 지 한 달이 지났다. 그녀는 이삿짐을 옮기기 전 이 집의 수리를 먼저 시작했다. 안방에 새 장을 사들여 한쪽 벽에, 화장대는 창 쪽으로 ㄱ자가 되도록 놓았다. 거실은 빈 칸으로 두되 대나무 자리를 깔고, 나란히 있는 방 두 칸에 하나는 벽면 가득 책장을 놓고, 앞쪽 방은 손님 접대용으로 비워두었다. 거실 한쪽 벽면에는 큰 액자를 걸어 두었는데, 아들 대건의 해군사관학교 졸업을 기념하기 위해 세 가족이 찍은 대형 사진이다.

대건의 임관식이 있던 날, 전 남편으로부터 연락이 왔다. 그와의 동행이 내키지 않았으나, 아들의 간곡한 바람이기에 옛 부부는 진해에 동행하여 임관식을 마치고 그 길로 사진관에 들러 기념사진을 찍은 것이다. 지금은 남남이 된 사이지만, 아들을 매개로 한 사진이자 과거를 회생시킨 그 사진들은 무언의 아이러니를 이야기해주고 있었다.

흔들리는 성

마리아는 군청의 미화원을 그만 둔 후 이번에는 신설된 산불 진화팀에서 일하게 되었다. 우리나라는 기후의 특성상 봄과 가을에 산불이 자주 발생하였다. 그래서 산불 진화팀이 신설되고, 회문산 산불 진화를 위해 10명의 팀원이 부랴부랴 방화 지점으로 출동했다. 산불이 난 지역은 회문산 가는 길목에 있는 자연 휴양림 근처였다.

회문산은 순창의 명산으로, 역사적으로도 유서 깊은 곳이다. 동학 농민전쟁과 구한말 의병들의 근거지였으며, 6·25전쟁 때엔 남로당의 전북 총사가 해방구를 설정했던 곳이다. 그만큼 지형이 험준하고 골이 깊은 심산들이 회문산을 병풍처럼 휘둘러 있는 요새였다.

그 회문산 가는 길목에 자연 휴양림이 있는데, 그 안에는 빨치산의 아지트가 세워져 그들의 실상을 재현해 놓았다. 이 자연휴양림에서 내린 진화팀은 하룻밤 낮을 산불과 싸우며 가까스로 불길을 잡은 후 팀장이 나서, 이곳에서 하루 더 휴식을 취하고 하산키로 군청의 허락을 받았다.

하루의 휴식 보너스를 얻어 자유 시간을 갖게 된 마리아가 휴양지내에 있는 찻집에 들렀을 때, 진화팀의 젊은이 하나가 뒤따라와 말을 걸어 왔다.

"산불 진화 때 보니 마리아님은 남자 못지않게 용감하데요."

이런 아첨을 떠는 사나이에게 그녀는 넌지시 핀잔을 주었다.

"그럼 죽기 살기 불을 잡아야지. 그 마당에 남녀가 어디 있담."

이렇게 그 사나이와 말문을 튼 후, 그가 색다른 관심을 보인 탓에 두 사람의 대화는 딴 길로 흘러갔다.

"댁이 내게 관심을 가진 것은 좋으나, 난 당신을 전혀 모르니 당신 신병이나 밝혀 봐요."

그녀가 다그치자 그 사나이는 자신의 신병을 밝힐 수밖에 없었다. 강종수는 그녀보다 아홉 살이나 젊은 45세의 독신으로, 의정부에서 요양 차 순창 구림에 와 있다가 우연한 기회에 군청의 진화팀에 참가하게 되었다고 털어 놓았다.

그는 형님의 콩팥이 기능을 잃자 자신의 콩팥 하나를 이식한 뒤 청정지역인 이곳에 와있다고 했다. 게다가 아직껏 독신인 것은 여성에 대한 결벽성 때문에 혼기를 놓친 탓이라고 말했다.

산을 내려온 후에도 강종수는 그녀에게 치근거렸다. 그때마다 마리아는 그에게 에둘러 거절의 뜻을 비쳤다.

"강종수 씨, 송충이가 갈잎을 먹으면 땅에 떨어진다는 말 못 들었수."

그는 처음 이 속담의 깊은 뜻을 알아듣지 못한 것 같았다.

"사람이 엉뚱한 생각을 하다가는 낭패를 당한다는 말 몰라요?"

그적에는 그녀의 말뜻을 알고 주춤하더니, 이번에는 진검승부로 나오는 것이었다.

"이번 휴일에는 전주로 나가 한번 터놓고 얘기해요."

그녀는 그를 떼놓기 위해 차갑게 내쏘았으나, 그는 막무가내였다. 그러니 마냥 피할 수만은 없고 정면 돌파를 할 수밖에 없었다.

"정 그렇다면 전주로 나가 얘기해 보자구."

강종수는 마리아의 차에 실려 전주로 나가 '향수'라는 2층집 커피숍에 마주 앉았다.

두 사람은 커피 잔을 비우기도 전에 열띤 공방전에 들어갔다.

"종수 씨, 터놓고 얘기합시다. 나한테 관심을 갖는 진짜 이유가 뭐유?"

"내 눈빛을 보면 모르겠소? 회문산 산불 진화 때 누나를 처음 볼 때부터 난 누나에게 마음이 쏠린 거요."

"금매, 뭣 땜시? 내 어디가 좋아 그런단 말여."

"기왕 얘기가 났으니 솔직히 말하겠소."

"빙빙 돌리지 말고 어서 말해 봐."

찬잔을 다 비울 때까지 변죽만 울리던 사나이는 용기를 내어 속내를 내비쳤다.

"누나를 좋아하게 된 건 누나의 그 생활 태도 때문이었소. 이 고을에 누나에 대한 평판이 어떻게 나 있는지 아시오. 이중허리라고 그래요."

"가만 있자, 이중허리란 무슨 말이여?"

"낮에는 직장에 나오고 밤에는 서호나 적성강에 나가 자정이 다 되도록 다슬기를 잡는 억센 여자라고 그래요."

"그래서……."

"거기다 또 하나 말해 볼까."

"말해 보래두."

"듣자니 누나는 글을 쓴다고 들었어요. 나도 고교시절엔 문예반에서 공부한 적 있어요. 그때는 철없이 시인이나 작가가 되려는 꿈을 꾼 적도 있고 해서……."

마리아는 우연한 기회에 고장 문예지에 시를 발표한 적이 있었다. 그녀가 지북리에 이사와 보름도 안 돼서였다. 이웃집 아저씨와 수인사 끝에 시를 좋아한다 했더니 시 쓴 걸 보자며, 고장의 문예지에 실어준 일이 있었다. 그 아저씨는 순창고 교사로 문예지 편집에도 관여하고 있었다.

"내가 누나의 시 하나 암송할까?"

"무슨 시를……."

"들어 봐요, 「기다림」이란 시 읽겠소"

겨울비에
젖어 본 사람

구름 한 조각 떼어서
입속에 넣어본 사람

지천으로 피어나는
저 망초꽃으로 지친 세월

두드리면
잊혀질까

"언제 그 시를 읽었소?"

그녀는 볼이 붉게 달아오르면서 물었다.

"이제야 내 마음을 알겠어요? 난 그때부터 누나를 사모해 왔댔소"

마리아는 한방 얻어맞은 기분이었다. 그 후로는 그이만 보면 가슴이 콩당콩당 뛰는 것이었다. 최면에 걸린 사람처럼 그 사나이의 환상에서 벗어날 수 없었다. 마리아는 그가 남자로 보이니 새삼 의상에 신경이 쓰인데다 말도 조신해지고, 그가 먼발치에 나타나기만 해도 설레니, 이런 감정은 전에 느껴보지 못한 일이었다.

그날 밤 저녁 식사 후에도 그의 환상이 어른거리자 마리아는 적성교로 걸어 나갔다. 여름부터 초가을까지 작성교에 나와 있으면 반딧불이 밤하늘에 날아와 눈 속에 파묻힐 듯 요란을 피우다 사라지곤 한다. 한 가지 이상한 건, 낮에는 다슬기가 바위 밑에 숨어 지내다 밤이 되면 바위 위로 올라와 꿈틀거리기 시작하는데, 그 시간대가 되면 어김없이 반딧불이가 강 위에 몰려와 밤의 환상무곡을 추어댄다. 마치 정어리 떼가 커다란 원형을 이루어 한바다에 나타날 때, 바다 위에는 바닷새들이 나타나 입부리를 바다 속에 처박고 수중 점프를 하는 것과 같은 현상이다.

이 초겨울 밤 신기한 느낌이 감돌더니 첫눈이 내리고 있었다. 눈꽃은 가끔 이마에 내려 따끔거리기도 하였다. 그녀는 자신도 모르게 '불나비사랑'을 허밍으로 흥얼거리고 있었다.

얼마나 사무치는 그리움이냐
밤마다 너를 찾아 헤매는 사연……

주객전도라는 말이 있다. 마리아는 자신에게 치근거리던 강종수와 자신의 입장이 어느 새 뒤바뀐 것이 아닌가 하는 생각마저 들었다.

그녀는 직장에서 퇴근하면 곧바로 귀가하는 것이 아니라, 언제부터인가 마을 뒤에 있는 지북 저수지로 발길을 돌렸다. 왠지 집에 들기 싫고, 그곳에 들러 혼자 있고 싶었다. 덧없이 겨울은 가고, 봄이 가고, 초여름을 맞고 있었다. 지북 저수지 가는 길가엔 갖가지 풀꽃들이 어울러 피어 있었다. 신나리, 망초꽃, 이런 풀꽃 속에 산딸기가 빨갛게 익어 길 가는 이의 마음을 유혹하기도 한다. 건너 푸른 숲속에서 들리는 소쩍새의 울음소리는 피울음을 쏟듯이 청승맞게 들려온다.

저수지에 이르면 수문 쪽으로 계단이 있는데, 그녀는 노상 수문 가까운 계단까지 내려가 물속을 이윽히 내려다보면서 언뜻 명상에 잠긴다.

어느 새 그녀의 마음에는 산뜻한 산수화가 그려지기도 하고, 시상이 떠오르기도 한다. 언제부터인가 그녀는 이런 무아지경 속에 잠기곤 하였다.

최면상태에 빠져있는 시간이다. 이럴 때, 그의 최면을 깨우는 것은 수달이란 놈이다. 수중에서 먹이를 낚아채 후다닥 자신의 수중 굴로 도망쳐 가는 순간이다. 좀 지나 노을이 비낄 때면 방죽은 물론 주변의 논바닥에서 개구리들은 일제히 개골개골 밤의 반란을 시작한다.

어둠과 함께 세상은 온통 개구리 세상이 되는 것이다.

마리아의 고민은 반년여를 더 끌었다. 이 같은 고민이 이어질 때 그녀는 지북 저수지를 찾았으며, 여느 때처럼 물속의 붕어며 피리 새끼들과 말 없는 대화를 나누었다. 또 이른 봄이면 자잘한 올챙이들이 꼬리 잘린 개구리가 되어 한가로이 헤엄치는 모습도 엿볼 수 있었다.

석양 무렵이면 방죽 길로 들일을 마치고 돌아오는 마을 농부들이 그녀의 그런 모습을 보고, '시 쓰는 방죽 아줌마'라는 별명을 지어 내기도 하였다.

그러나 이러한 고민도 끝장을 내야겠다는 생각이 들었다. 사랑은 받는 것이 아니라 주는 것이라 하는데, 이 말은 사랑해 보지 않은 사람은 잘 모른다. 그녀가 강종수에게 마음이 쏠리면 쏠릴수록 괴로움은 더하고, 이 같은 사랑을 종결지어야겠다는 생각이 간절했기 때문이다.

자신이 지켜온 여자의 성이, 이 남자에 의해 무너진다는 것을 허락지 않았으며, 그가 미혼인데다 연하의 남자라는 것도 거기에 작용했다. 진정 그이를 사랑한다면 그만 보내줘야 한다는 마음가짐도 한몫 한 것일까.

마리아는 그를 보내는 자리에서 이별의 아쉬움을 말했다.

"종수 씨, 우리 사이는 그동안 무지개다리를 놓은 아름다운 나날이었소. 어쩌면 맨발로 가시밭길을 걷는 고행이기도 했죠. 하지만 우리는 헤어져야 한다고 마음먹었소. 난 낮에는 일터에 나가고 밤에는 다슬기 잡으러 가는 사람이니, 이런 나를 잊고 새로운 사람을 찾아 가오."

그가 마리아와 마침표를 찍을 즈음엔 건강도 회복되고 있었다. 이런 만남이 있은 수일 후 그는 한 장의 편지를 남기고 의정부로 돌아갔다.

<blockquote>

마리아님에게

내가 이곳에 머무는 동안 마리아님은 나의 누님과 다름없었소. 나의 응석을 다 받아주고 나의 마음을 슬기롭게 다스려 주었소. 내가 누나에게 끌려 있을 때 나는 청맹과니처럼 누나밖에는 아무것도 보이는 것이 없었소. 그것이 사랑의 열정이란 것도 이제야 알 것 같아요. 사랑은 나이의 고하나 국경도 없다는 말이 그래서 생긴 것 같아요. 내게는 홍역을 앓는 그런 기간이었다고 봐요. 내가 누나에게 마음이 쏠린 것은, 누나의 투철한 생활관이 내 마음을 이끌었고, 게다가 누나에게서 시인의 기질을 보았기 때문이었소. 나도 건강이 회복되고 생활이 안정되면 글 쓰는 일에 정열을 쏟고 싶어요. 누나의 시작 생활에 발전 있기를 두 손 모아 기도드리겠소. 먼발치에서 누나의 작품을 음미할 수 있다는 것만으로도 나는 행복해질 것 같아요. 그럼 성공 있기를 믿어요.

강종수 드림

</blockquote>

마리아는 담담한 심정으로 그를 떠나보냈지만, 그의 메모를 읽고 나서 등에 식은땀이 흘러내리는 것을 느꼈다.

그녀는 일기장에 일부를 적고 이별의 아쉬움을 다음과 같이 새겨 넣었다.

─잘 가오 종수. 우리의 인연이 끊기지 않는다면 어느 세상에선가 해후가 있을 테지. 난 그걸 믿고 있어. 그럼 안녕.

그녀는 큰 뉘누리 하나를 넘었다. 그러나 바다에는 큰 뉘누리만 있는 것이 아니다. 큰 뉘누리, 작은 너울이 연이어 일어나듯이 인생 항해를 하는 동안 어떤 해류가 어떻게 밀어닥칠지 모르는 일이었다.

어느 날 그런 해류 하나가 또 그녀에게 밀어닥쳤다.

이번의 사나이는 읍내에서 카센터를 운영하는 중년 남성이다. 이혼한 독신인데 마리아가 그 카센터를 찾은 것은, 지금의 중고차를 새 차로 교환하기 위해서였다.

"사장님, 이 차를 새 차로 바꾸기 위해 왔습니다."

"요즘 좋은 차들이 선보이고 있으니 그건 어렵지 않죠."

"언제쯤 가능할까요?"

"이틀 후에 나와요. 광주 대리점에 신청해 놓겠소."

그녀가 귀가할 때 사장은 명함 하나를 건넸다.

이렇게 약속된 날 마리아는 읍내 카센터를 찾았다. 문 사장은 그녀의 차는 이 점포에 두고 자기의 차에 타라고 하면서 시동을 걸었다.

광주 시내에 든 문 사장은 팔뚝시계를 보더니 정오가 다 되었다며, 점심을 해결하고 가자고 했다. 마리아는 그가 이끄는 대로 널찍한 한식집으로 들어서 조용한 방 하나에 안내되었다.

"한식으로 가져오고 갈치조림 맛있게 해 와요."

문 사장은 주문한 뒤, 이 집은 자기 단골이라고 하면서 갈치조림은 제주산을 재료로 쓰기 때문에 맛이 그만이라고 했다.

“문 사장 말씀대로 갈치 맛이 고만이네요.”

“내가 뭐라고 합디까. 난 진짜 아니면 상대 안 해요.”

그녀가 수저를 내려놓을 때까지 문 사장은 푸석한 이야기를 늘어놓더니, 아가씨가 후식을 내올 때 별안간 의외의 말을 꺼냈다.

“마리아님, 여사가 처음 우리 카센터를 다녀간 후 난 여사에 대해 알아 봤더니, 뭐라더라 돈도 있고 아들도 훌륭히 기른 억척 인생이라든가…… 게다가 ‘시 쓰는 방죽 아줌마’라고 부른다더군.”

“사장님, 어쩜 남의 뒷조사를 그렇게 해요?”

그녀가 따지고 들자 문 사장은 너털웃음을 웃으면서 변명을 하기 바쁘다.

“아니, 그건 아니요. 내 이래 뵈도 인격을 가지고 사는 사람이오.”

“하지만 실례가 아니어요?”

“그런 인상을 받았다면 사과하겠지만 절대로 다른 뜻은 아니었소.”

이러구러 따지다가 그들은 J차 대리점으로 향했다.

그 후 일주일쯤 지나 문 사장한테서 전화가 걸려 왔다. 지난 번 예약한 차를 수일 내로 인수해 가라는 것이었다.

“네, 소개비는 차를 인수하는 날 치르겠소.”

“아니, 소개비보다도 좀 할 말이 있어서…….”

“무슨 말인데유?”

“마리아님. 난 여사에게 반해 버렸소. 그러니 우리 만나 내일을 설계합시다.”

그의 생뚱스런 말에 마리아는 전화를 끊겠다고 하자, 애원조로 말했다.

“오해는 마시오. 전에도 말했지만 여사는 모범적인 인품에다 글까지 쓰고 있으니 나의 이상형이란 말이요.”

“난 그대가 누군지 모르지 않소 그런 마당에…… 정히 그렇다면 당신의 매력을 한번 보여 봐요.”

마리아는 이렇게 내치면서 전화를 끊어버렸다. 그런 일이 있은 지 열흘쯤 지났다. 한밤중 걸려오는 전화소리에 잠을 깨어 핸드폰을 귀에 댔더니 술주정소리가 들려 왔다.

“난 당신의 그 무응답에 이 밤도 지향 없이 헤맨다오!”

“지금 시간이 몇 신데…… 새벽 두 시, 그만 끊어요.”

“난 당신 땜에 이리 헤매는데 왜 대답이 없소? 난 그런 당신을 피하기 위해 이리 헤매는데 말요.”

“말도 안 돼. 당신 헤매는 것이 나하고 무슨 관계요?”

이런 식으로 전화가 매일 밤 걸려오자 그녀는 지서에 구조신청을 하였다.

마리아에게 예기치 않은 바다의 해일이 밀어닥친 후, 이 같은 재앙은 잠잠해졌다. 그리고 몇 달 후 그가 스스로 목숨을 끊었다는 소문이 나돌았다.

꽃다발을 안고

마리아는 아침 식사를 마치고 식탁에 앉아 녹차를 마시고 있었다. 모처럼의 망중한을 즐기고 있는 것이다. 이른 봄이면 새벽 네 시 눈을 뜨기 바쁘게 전화가 걸려 온다.

"전주댁 고사리 캐러 가요."

이런 부름을 받고 회관 앞에 나가면 다섯 시 전인데도 서너 명의 사역군들이 모여든다. 군청에 나가던 마리아도 자유의 몸이 돼서 여가가 있을 테니, 그들 속에 끼어달라는 것이다. 마리아가 출동하는 날이면 그녀의 자가용이 움직이므로 한결 신바람이 나는 일이었다.

그날따라 마리아는 혼자 있고 싶었다. 그녀는 마시던 찻잔을 식탁 위에 내려놓고 창밖으로 눈을 돌렸다. 창에는 언덕진 이웃집 은행나무가 속잎을 틔우고, 먼발치 산 둘레에는 푸른빛이 완연한 춘

삼월을 맞이하고 있었다.

이런 봄기운을 가슴에 안으면서 그녀는 지난날을 돌아보며 가볍게 한숨을 지었다. 긴 터널을 지나왔다는 생각에 절로 나는 한숨이었다.

그녀는 이날토록 주야로 두 사람 몫의 일을 해오면서 근검절약을 몸에 익혀온 결과 상당한 돈을 은행에 저금하고 있었다. 이태 전부터는 매월 2백여만 원을 정기예금 하는 통장과 수시로 이용하는 적금통장도 따로 갖고 있었다.

그녀가 이처럼 근검절약하는 것은 나름의 계획이 있어서였다. 향후 5년간 이렇게 밀고 가, 자신이 설계하는 목표를 달성하려는 것이었다. 그녀는 대학에 들어 소녀시절 놓친 학업을 성취하고, 그렇게 대학을 마치면 장애인이나 노인을 위한 무료식당을 운영하겠다는 것이 두 번째 계획이다. 그녀가 일찍이 꽃동네에 '사랑의 장기 기증'을 약속한 것과 맥을 같이하며, 틈틈이 글을 써 나가겠다는 생각이었다.

그런데 맨 먼저 기회가 온 것은 문단의 좁은 문을 노크하게 된 것이다. 고장의 문예지에 글을 발표한 후, 서울의 S지에 등단한 선배의 권유를 받고 그 S지에 데뷔한 것이다. 그때 데뷔작 5편 가운데 「다슬기를 잡으며」라는 시는 그녀의 애절한 사연이 깃든 작품이다.

군청 미화원으로 나갈 때, 저녁 식사를 마치면 이내 서호 강으로 다슬기 잡이를 나간다. 강기슭에 이르러 수영복으로 갈아입고 물속으로 뛰어들 땐 이미 땅거미가 져 사위는 칠흑으로 변한 밤이다.

그때부터 다슬기 잡이는 쉴 새 없이 이어지는데, 그때의 고된 노동을 꾹꾹 참고 견디는 그녀의 귓전에는 풀벌레의 가냘픈 울음소리만이 들릴 뿐이다.

하룻밤 잡은 다슬기는 이튿날 새벽 함지박을 들고 찾아오는 중간 상인에게 넘기고 고단한 노동의 대가를 받게 된다.

S지의 등단 소식을 받았을 때의 추억도 잊을 수 없다. 여느 때처럼 그녀가 적성교를 혼자 거닐고 있을 때 귓불을 차갑게 내리친 눈발. 한순간 그녀의 가슴에는 시에 대한 향수가 그윽이 밀려온다. 한발 한발 내딛는 걸음마다 살포시 내리는 눈꽃들……. 여린 갈대 마음을 아프게 흔들어 놓는다.

그 자리 주저앉아 울고 싶은 심정이지만, 그런 용기마저 없어 돌아설 때, 발치에 내리는 눈송이는 그녀의 마음을 설레게 만든다.

그녀는 S지의 등단 소감을 다음과 같이 쓰고 있다.

―낯선 이곳으로 시집와서 어느 곳에도 호소할 수 없는 외로움과 커다랗게 파문 치는 삶의 고독을 강물에 풀어놓고 살던 지난날, 그리고 한 많은 상처들 모두 단번에 치유하며 위안 받는 느낌입니다.

마리아가 등단한 후 그 잡지가 고장의 문인들에게 배포되고, 그녀는 무명의 허물을 벗게 되었다. 매미의 애벌레가 다 자라면 날갯짓을 하며 나뭇가지에 앉아 그때부터 제 안에 품고 있는 한을 남김

없이 발산하게 된다. 그와 같이 외롭고 상처 받은 시인도 이제는 무한히 넓은 세계에서 마음껏 자신의 노래를 부를 수 있게 된 것이다.

그녀의 등단 소식을 들은 군수가 맨 먼저 축전을 보내왔다. 고장의 문인들에게서도 축하 전화가 걸려 왔다.

한편 고장의 문인단체에서는 그녀의 등단을 축하하는 모임을 준비하고 있었다. 군수를 비롯한 고장의 문인들에게는 초대장이 우송되었다.

기념식이 있기 전날이었다. 서산에 노을이 곱게 물들 때 그녀는 집을 나섰다. 그녀의 발길은 지북 저수지를 향하고 있었다. 여느 때 혼자 걷던 길이다. 걸으면서 그녀의 발길은 가끔 주춤거렸다. 문득 지난날에 대한 회오가 가슴에 맺혀왔기 때문이다. 숱한 감정의 색깔들이 목구멍에 울컥 치밀어 올랐다.

생각하면 파란 많던 날들, 소녀시절 가정형편으로 학업을 중단했던 일, 그래서 돈을 벌려고 차린 양장점도 거덜 나고 실의의 나날 속에 빠져 있을 때, 덜컥 낚시 바늘에 걸린 고기처럼 시집을 가게 된 것이다. 뼈대 있는 가문의 사업가라며 중매가 들어오자 과년한 딸의 처지를 생각한 나머지 양부모는 혼인을 승낙하고 만 것이다. 부모의 뜻을 거역할 수 없었으니 숙명으로 돌릴 수밖에.

그런데 결과는 합의 이혼이라니, 어찌 상상이나 했겠는가.

그 후 그녀는 새로운 인생의 길을 찾아 나섰다. 밤낮을 가리지 않은 노동을 마다하지 않으며 모은 돈을 적금하여 환갑 전까지 대학에 들어 학업을 마친다는 것이었다. 참으로 당찬 계획이었다.

지북 저수지 언덕에는 망초꽃이 만발해, 수문 아래 앉아 있는 그녀에게로 은은한 풀향이 스며들고 있었다. 그녀는 시선을 물속에 빠뜨리고 한동안 사념에 잠겨 있다가 문득 하늘을 올려다보았다. 그녀의 머리 위를 제비가 스치고 지나자 냉큼 소리쳤다.

"제비야, 어디 갔다 인자 오냐. 나도 간다. 너 먼저 가 날 기다려 주렴."

금년 봄 새끼 네 놈이 자라 지금은 여섯 가족이 되었으니, 그녀 집은 자신까지 일곱 가족이 된 셈이다. 백 호가 넘는 마을에 그녀의 집에만 제비가 살고 있다는 생각에 절로 행복감에 젖는 것이었다.

기념식이 있던 날, 군청 회의실에는 '황귀례 시 등단 축하'라는 플래카드가 높이 걸려 있었다. 오전 10시가 임박하자 축하객이 꾸역꾸역 몰려들고 있었다. 이날따라 마리아가 살던 지북리를 비롯하여 서호, 장덕리 부락 부녀자들이 무리지어 밀어닥치고 있었다.

축하객들이 자리에 앉자 사회자가 마이크 앞에 나서 좌중에게 인사한 후 연단에 앉은 귀빈들을 소개했다. 순창 군수와 지북면장의 소개에 이어 서울에서 초청된 S지 발행인의 소개에 이어 그날의 주인공인 마리아의 소개가 있자, 일제히 박수가 쏟아졌다.

"여러분, 한 번 더 따뜻한 박수 부탁드립니다."

그러자 박수소리는 장내에 가득 울려 퍼졌다.

"네, 감사합니다. 마리아님의 축하식을 시작하기 전에 오늘의 영예를 있게 한 그의 등단시 낭송으로 시작하겠습니다."

이어 사회자의 낭랑한 「꽃 잔치」 낭송이 있었다.

> 지북리 뒷동산에 진달래, 싸리꽃, 벚꽃
> 키 작은 민들레, 제비꽃, 냉이꽃까지
> 어젯밤 단비에
> 웃음 넘친 잔치를 하고 있다.
> 몸을 단장한 꽃들이
> 햇볕을 마시며
> 봄놀이가 한창 어우러진다.
> 봄 가뭄에 푸석하더니
> 몸살도 없이 성숙해버린
> 꽃님으로 와서
> 넉살스럽게 바람에 안겨
> 감미로운 사랑을 고백한다
> 내 어릴 적 향수의 꽃들
> 끝도 없는 옛 이야기
> 펼쳐놓고 소근대는 귓속말 엿듣는다
> 깨복쟁이 친구들과 가난을 채우던
> 꽃들이 오늘따라 생기가 돈다.

사회자의 낭송이 있자 다시금 박수소리가 장내를 울렸다. 뒤이어 군수님과 면장님의 다스운 격려사에 이어 S지 발행인의 소개가 있었다.

"다음에 모실 분은 서울서 오신 우당 선생입니다. 이 분은 마리 아님의 시를 천거해 주신 한국문단의 원로이십니다."

사회자의 소개를 받고 연단 앞에 선 발행인은 이곳에 온 감회 때문인지 상기된 표정이었다.

"여러분, 오늘 마리아님을 축하하러 오신 것을 환영합니다. 방금 사회자가 낭송한 「꽃잔치」에서 느낀 바와 같이 오늘 이 자리가 바로 그런 꽃잔치의 자리가 아닌가 생각합니다.

이 시에는 아무 꾸밈도 없고, 헛된 수사도 없이 자연 그대로가 드러난 시입니다. 우리는 흔히 시란 뭔가 과장되고 꾸민 말로 된 글이라고 여겨 왔습니다. 하지만 이 시에는 그런 꾸민 말은 어디에도 없습니다. 그런데도 왜 이 시가 우리에게 감동을 줄까요? 이 시 속에는 시인의 내재된 삶과 순박함이 순화된 모습으로 드러나 있기 때문입니다. 이 꽃잔치에 피어 있는 꽃들은 온실에 피는 그런 꽃이 아니라, 이 고장 지천에 널려 있는 진달래, 싸리꽃, 벚꽃, 제비꽃, 냉이꽃과 같이 여러분 눈앞에 널려 있는 꽃들입니다. 그래서 여러분들은 이런 꽃은 꽃으로 여기지 안 했을지도 모릅니다. 이 자리에 모이신 여러분이 귀하듯이 이런 꽃들도 온실의 꽃과 똑같이 소중한 꽃들입니다. 이 시에도 나와 있지 않습니까. 내 어릴 적 향수의 꽃들이라고 깨복쟁이 친구들과 가난을 채우던 꽃들이라고 말입니다.

이런 시를 쓴 시인의 꽃잔치이기에 제가 이 자리에 서 있습니다. 저는 이 고장을 처음 찾았습니다. 다행히 하루의 시간을 내어 강천산과 섬진강 요강바위를 답사했습니다. 저에게는 큰 기쁨이며, 잊지 못할 추억이 될 것입니다. 또한 순창공원에 들렀을 때 그곳에 세워진 권일송 시인의 추도비를 보고 더없는 감회에 젖었습니다. 이 시인과는 제가 광주의 서석 동창이기에 그렇습니다.

또한 이 순창에는 김영이라는 빨치산 시인도 있다고 들었습니다. 그가 회문산에서 처절한 산 생활을 했다는 기록도 이미 『남부군』에서 읽은 적이 있습니다. 이런 얘기가 다 민족의 비극을 말하는 것 아닙니까. 다시는 이런 슬픈 역사가 되풀이돼선 안 됩니다.

끝으로 마리아 시인에게 한 가지 덧붙이고 싶은 것은, 시란 자신의 슬픈 추억이나 아픔뿐 아니라 이웃의 고통이나 꿈, 나아가서 한 겨레, 온 인류의 염원에 대해서도 눈을 크게 뜨라고 권하고 싶습니다. 마리아님은 이미 '사랑의 장기 기증'을 꽃동네에 기약한 희귀한 사람입니다. 여느 사람이 할 수 없는 훌륭한 기약을 한 것입니다. 그의 앞날에 더 큰 행운과 발전이 있기를 기대해 봅니다. 감사합니다."

기념식 말미에 이 고장 문인들이 마리아에게 꽃송이를 안겨주자, 장내는 박수소리로 가득했다.

제 2 부

회문산

마리아는 어느 날『순창문학』을 펼쳐보고 적이 놀랐다. 고장에서 발행되는 그 잡지에는 '고 김영시인 추모 특집'으로 유고시 4편과 유고소설『배추의 꿈』이 소개되어 있다.

'김영과의 만남'이란 글에서 이태는 '단 한번만이라도' 꽃필 날을 기다리다 간 시인 김영에 대한 회고담을 쓰고 있다. 이태는 훗날『여순병란』,『남부군』(상, 하)과 소설집『시인은 어디로 갔는가』 등을 써서 세상을 놀라게 했다. 이 중『남부군』은 영화로도 상연되었던 빨치산 체험기이다.

이태가 김영을 처음 만난 것은 50년 늦가을, 회문산의 전북유격대 '독수리병단'에 배속되었을 때였다. 그 후 두 사람의 인연은 오래 계속되었다. 김영은 병단의 기술서기(서무)였고 이태는 전투부대의 하급간부였다. 이 병단은 50여 명의 소부대였는데, 이 두 사람 외에도 인쇄소의 식자공이었던 쌍치 출신의 노병서와 서울 J대생이던 이성열 등 네 사람은 모두 문학청년들이어서 자별하게 지냈다.

그들은 인간해방에 대한 정열에 불타 있었지만 죽음 앞에 노출된 가혹한 현실이었다. 노병서는 그해 가을 노령전투에서 죽었다. 이상렬은 51년 봄, 진달래가 벙글던 장수군 장안산에서 부상을 입고, 외로운 환자 트에서 들짐승처럼 죽어갔다.

이처럼 사흘이 멀다 하고 전투가 있던 날, 지천에는 주검들이 돌멩이처럼 뒹굴던 시절이다.

1950년 9월 28일.

이날은 한미연합군이 인천상륙작전을 성공리에 마치고 서울로 진격하는 것과 때를 같이하여 낙동강전선의 반격이 개시된 날이다.

서울 Y대 국문과생이던 김영은 고향에 내려와 있던 터에, 각급 기관원에게 입산령이 내리자 약간의 쌀과 겨울 내의가 든 바랑을 어깨에 메었다. 그날 군청 앞에 모인 기관원들이 마을 앞을 지날 때마다 부락민들이 따라붙어 대열은 뱀 꼬리처럼 길어만 갔다. 순창면을 지나 구림면을 넘어서자 사람들은 안도의 한숨을 내쉬었다. 휘영청 달 밝은 구림고개에서 휴식을 취하고 있는 김영에게 나리가 와서 반겼다.

"오빠, 여기서 보네. 진작 떠난 줄 알았는데……"

"그래 반가워."

김영은 나리의 손을 잡고 흔들었다. 그러면서 문득 나리의 집안을 생각했다. 교회에 다니는 어머니에, 큰아버지는 순창 군수를 지낸 우익이었으니, 그녀가 입산하리란 생각은 미처 못 했던 것이다. 그래서 나리의 가정성분이 좀 의외란 생각이었으며, 지금 자신들이 비상선으로 가는 것은 특수한 상황 때문이라고 여겼었다.

"이건 일시적인 현상이니까 곧 돌아올 거야."

대열은 다시 움직이기 시작했다. 그들은 지금 비상선을 향해 가고 있었다. 나리도 다른 민청원들도 조금은 들뜬 기분으로 전북 총사의 본거지 회문산으로 가고 있었다.

이튿날 아침 인민군 장교복을 입은 땅딸막한 사내가 청년들에게 기상신호를 알리고 있었다. 야전가방과 권총을 차고 있는 그를 가리켜 누군가 쑤군거렸다.

"적성赤星 동무여. 구빨치로 6·25 직전까지 살아남은 전북유격대란께."

농가 마당을 메운 대원들이 정렬하자 적성 동무의 선창으로 합창 소리가 오르고, 다른 곳에 숙영 중이던 젊은이도 거기 호응하자 온 산골은 노랫소리로 메아리졌다.

아침 합창이 끝나자 각자는 마을 앞에 흐르는 개울에 가서 세수를 했다. 때마침 세수를 마치고 나오는 군 민청원 성식이 김영을 보자 빙긋이 웃고만 있다.

이때 왁자지껄 소리 나는 곳을 보니 소 한 마리를 가운데 두고 웅성거리고 있었다. 헌칠한 키에 씨름꾼 같은 사내가 도끼를 들고 나왔다.

"앞으로의 전투를 위해 영양을 축적해야 돼요. 누구 이 소를 반동이라 생각하고 처단할 동무 없소?"

아무도 앞에 나서는 이가 없자 그 사내는 공중에 쳐든 도끼를 내리치니 황소는 일격에 고꾸라졌다.

이때 군중 속에서 누군가 속삭였다.

"저 동무가 와가리, 그 유명한 구빨치야."

정읍 입암 출신인데 동생은 국군 소령이라고 부연 설명했다.

김영은 부락 여맹원들이 차려준 밥을 여럿이 먹었다. 식사 후 곧 출발 명령이 내려 행군이 시작되었다.

김영의 대열은 억새가 키를 넘는 산협을 올랐다. 4백여 명의 대원이 엽운산 총사골에 이르자 먼저 온 아지트의 주인들이 반가이 그들을 맞이했다.

적성과 와가리 동무가 총사령인 방준표 동지에게 경례를 붙이고 보고를 할 때 대열 속에서 누군가 나직이 속삭였다.

"도당 위원장 겸 전북 총사 사령관이여. 교직에 있던 그는 노동 운동에 뛰어들어 체포된 적이 한두 번이 아니었드래. 갖은 고문을 당해도 한번 '모른다'고 잡아떼면 물고문, 전기고문, 어떤 고문에도 절대 입을 안 연다고 히여. 무서운 투사지.”

이때 총사령이 나서서 환영인사를 했다.

“동무들 잘 오셨소. 여기는 전북 총사가 있는 해방구요. 이제 편안한 마음으로 충분한 휴식을 취하시오.”

신입 대원들은 그와 일일이 악수를 나눈 다음 미리 마련된 아지트로 안내되었다.

그들이 아지트로 안내되는 동안 후방 대원들은 커다란 가마솥에 가마니 쌀을 내리붓고 저녁밥을 준비하느라 바삐 움직이고 있었다. 아까 때려잡은 황소 다리가 나뭇가지에 여기 저기 걸려 있었다.

이윽고 고슬한 쌀밥에 기름진 쇠고깃국, 김치깍두기가 잔디밭 위에 질편히 놓였다. 산중 성찬이었다. 피곤한 몸에 배를 채우니 졸음이 몰려와 바랑을 베개 삼아 벌렁 드러누웠다.

이튿날 동이 트자 전북 총사의 하루가 시작되는 날이다.

우렁찬 합창이 산골에 메아리치고 나서 도당 방 사령의 보고가 있었다.

“동무들은 이제부터 인민유격대 전북 총사령부 대원에 편입되었소. 우리 인민군은 전략상 일시 후퇴를 했으나 머지않아 공격을 개시할 것이오. 우리는 적의 후방을 교란하고 우리의 해방구를 확대하여 인민대중을 보호할 책임이 있소…….”

경상도 억양으로 또박또박 말하는 그의 간결한 보고가 있자, 김명곤 유격대 부사령관의 격려사가 이어졌다.

그는 후리후리한 키의 사십대 투사로 6·25 전에 변산에서 야산
대 활동을 했다고 한다.

"여러분은 전북 빨치산의 일원이 되었습니다. 이제부터는 굶어죽
고, 얼어죽고, 맞아죽을 빨치산의 3대 각오를 해야 됩니다."

그의 목소리는 낮으면서도 으스스한 느낌을 주어 다들 숙연한 자
세로 경청하고 있었다. 잠시 휴식이 있은 후 오은식 부사령관 겸 문
화부장의 대원 심사가 진행되었다. 그는 인민군 장교가 입는 외투
에 권총과 커다란 서류가방을 어깨에 메고 있었다.

한 사람씩 그의 앞에 나가 이름과 나이, 학력과 6·25 전후의 경
력을 말하면 그는 재빨리 체크를 해나갔다.

그때 김영은 선전성동과에 배치되었다. 같이 입산한 성식은 연락
과로 가고 다른 군민청원들은 순창군 유격대로 전출되어 갔다. 나
리의 행방은 알려지지 않고 있었다.

선동과에는 김영 외에 전북 신문기자 H와, 여교사를 했다는 최병
순이 배치되었다.

함경도 노동자 출신의 선동과장 김려는 30대로 날카로운 성격이
었다.

"선동과 동무들은 총 대신 펜과 붓으로 투쟁한다는 것을 한순간
도 잊어서는 안 되오."

이 같은 일성이 있고나서 김영에게 하루의 사업량을 지시했다.

미군의 흑인병사들이 무기를 버리고 투항하도록 하는 전단과 국군 장병들이 인민의 편으로 돌아오도록 권고하는 전단을 만들라는 것이었다. 김영은 단어 실력을 다하여 만든 전단을 김려에게 가져가면 오은식 문화부장의 결재를 얻어 등사판에 돌렸다. 그러면 최동무는 삐라를 백 장씩 다발로 묶어 트에 쌓아둔다.

바로 곁에 선전과 트가 있었다. 잡목으로 기둥을 세우고 갈대나 산죽으로 지붕을 이어 만든 초막이었다.

선전과에는 노동신문 기자였던 계민 동무, 종군기자 고영권, 그리고 김일성대학 재학생이라는 목동 동무들이 있었다.

그즈음 첫 승전고가 전해왔다. 인민군 패잔병이 주류였던 기포부대가 순창으로 이동 중인 미군 트럭을 기습하여 미식 중·경기, 엠원 등 다수의 무기를 노획했다는 낭보였다.

계민과 고기자는 기사를 쓰고 목동은 골필로 유지에 긁어서 등사를 하면 전북 노동신문 수백 부가 인쇄되어 각 기관과 유격대에 배포되었다.

어느덧 시월 중순이 다가와 있었다. 이때에도 국군과 미군은 정읍과 순창 등 군 소재지에만 주둔하고, 회문산을 비롯한 일부 지역은 빨치산이 장악하고 있었다. 회문산 일대엔 십만여 명의 주민들이 웅성거리며 지향 없이 떠돌아 다녔다. 그런 와중에 갖가지 루머와 풍문이 떠돌아 피아간에 첩보전이 치열했다.

엽운산 총사 비트 대원들은 월동 준비에 바빴다. 대수말의 후방부에선 수십 대의 재봉틀을 돌리면서 대원들의 동복과 방한화를 만들고 있었다. 깊은 산골 사령부 아지트에는 전기불도 들어왔다. 그뿐이 아니었다. 아식보총 탄환과 사제 수류탄을 만들어 내었으니 후방부는 군수공장이 가동되고 있었다.

김영은 솜누비옷과 신발을 지급받았다. 그리고 감색 학생복을 벗어 근처 숲속에 버렸다. 그날 대원 2차 심사가 문화부장 오은식과 작전참모 적성의 주도로 진행되었다.

그 이튿날엔 총사 인원에 대한 대이동이 있었다. 김영은 물우리에 진을 친 제4중대에 배속되었다. 연락과 요원이 10여 명의 대원을 데리고 그곳까지 안내했다. 그때까지도 회문산을 중심으로 한 임실, 순창, 정읍의 여러 면들이 빨치산의 통제아래 있었다.

제4중대 본부는 동네에서 가장 큰 집에 자리 잡고 있었는데, 신입 대원 10명은 새로 신고를 했다.

중대장 최인철은 정읍 사람으로 교사 출신이라고 자기소개를 하였다. 그는 빈대코가 수염에 휘덮여 털보 중대장이라고 불렸다.

"여까지 오시느라 수고 많았소. 앞으로 잘들 해보드라고. 이 동무가 문화부 중대장인디, 이제부터 자기 소대를 찾아 가도록……."

그는 신입 대원들과 악수를 나눈 후 자기 방으로 가버렸다.

"동무들 수고 많소. 난 문화부 중대장 황대용이오. 그럼 여러분의 소대를 배치하겠소."

중대장의 지시에 따라 전원 60여 명의 인원이 모두 배치되어 가고 김영만이 남았다.

"동무는 서울 Y대를 다녔다고 했지? 우리 중대 본부는 일이 많아 동무가 도와줘야겠소."

"저는 전투대원으로 나가고 싶어요."

"동무, 오해 마오. 중대 본부에 있다 해서 전투를 안 하는 건 아니오. 개머리판이 없는 칼빈을 가지고 다녀요. 하지만 동무는 당분간 기술서기로 나와 함께 일처리를 해야겠소."

김영은 선뜻 내키지 않았으나 거역할 수는 없었다.

중대본부는 방을 두 개 쓰고 있었다. 그가 배치된 방에 드니 준의와 위생병이 식사를 하고 있었다. 준의는 인민군 위생병 출신으로 호인형으로 보였다.

"김영 동무, 어서 식사 하세요."

위생병은 허인선이라고 자기소개를 하는데 좀 가냘파 보이는 미인이었다.

"배가 고프니 우선 밥부터 먹겠소."

"많이 드시구려."

이때 황대용이 나타나 허인선에게 물었다.

"아까 총사에서 가져온 레포 용지가 어디 있소?"

허인선이 쪽지를 내밀었다. 그 쪽지를 펴본 황대용은 김영에게 지시하였다.

"오늘밤 '깊은골'로 출발하니 각자 총기 소제를 철저히 하기오."

"넷."

막상 전투가 있을 것이란 말에 김영은 전율이 일어오는 것이었다.

말티재는 임실과 오수의 중간에 위치한 재다. 일동은 깊은골을 출발, 깃대봉을 향해 야간 행군을 계속했다.

선두에 정찰대가 서고 뒤이어 인민군 출신인 민 모가 이끄는 1소대와 중앙통신 기자였던 이태가 지휘하는 2소대가 뒤따르고 있었다. 맨 뒤에 중대본부 대원이 따르면서 군령이 전달된다.

"앞으로 전달! 오늘밤 군호는 임실·남원."

겨우 알아들을 만한 소리가 앞 대원에게 차례로 전달된다. 대원 간의 거리는 3미터 거리를 유지하면서 걸어 나갔다.

"뒤로 전달, 기동로에 도달, 은밀성 보장."

이번에는 정찰대로부터 전달이 왔다. 자정 무렵, 고개 아래 민가가 있고 개 짖는 소리가 들렸다.

중대장과 문화부 중대장은 칼빈을 한손에 들고 잽싸게 도로로 내려섰다. 신작로가 나오고 구불구불한 길이 이어져 매복하기 알맞은 지형이었다.

각 소대는 도로에서 10미터쯤 떨어진 곳에 차폐호를 팠다. 매복 준비가 완료되자 중대본부는 야트막한 고지로 올라 휴식을 취했다. 동이 틀 때까지는 아직 시간이 있어, 김영은 스르르 눈이 감겼다.

그때 누군가 곁에 다가와 그의 손을 꼭 쥐고 몸을 기대어 왔다. 산중 미인 허인선이었다.

"김 동무는 애인이 있어요?"

"아직 없어요. 워낙 숙맥이라서 사랑 고백을 못해 봤어요."

"정말?"

"물론……."

"김 동무, 나 추워 죽겠어."

그녀는 오들오들 떨면서 상체를 바짝 다가왔다.

그때 문화부 중대장이 돌아왔다.

"김 동무, 곧 전투가 있으니 동무는 내려가 2소대와 행동을 같이 하오."

"네."

김영은 총을 들고 능선을 내려갔다. 어둠이 걷히자 아랫마을은 모락모락 연기가 피어오르는 고즈넉한 아침이었다. 순간 부르릉 트럭 소리가 들려 왔다. 소대장 이태는 손을 들어 전투 자세를 취하도록 지시했다.

첫 번째 트럭은 그대로 보내고, 긴장의 순간이 지나자 다시 임실 쪽에서 트럭 소리가 들려왔다. 한 대가 지나고 다시 두 번째 트럭이 2소대 앞을 지났다. 공격은 맨 앞의 정찰조와 1소대에 맡겨져 있었다. 세 번째 트럭이 앞을 지났을 때 전방에서 일제사격이 시작되고 수류탄 터지는 소리가 귀를 후볐다.

김영은 방아쇠 당길 기회를 놓치고 있는데 문화부 중대장이 소리 쳤다.

"돌격! 돌격하라!"

얼떨결에 뛰어가 보니 1소대원들이 신작로에 나둥그러진 트럭을 뒤지고 있었다. 주위엔 몇몇 시체들이 널브러져 있고, 전원 산으로 기어오르는데 화염에 싸인 트럭에서는 검은 연기가 치솟았다.

후퇴 소리를 뒤로 하면서 소대원들은 잔솔이 듬성듬성한 야산을 기어올랐다. 이때 아래쪽에서는 백여 명의 푸른 제복의 토벌군이 무리지어 올라오고 있었다. 핑 핑 유탄소리에 이어 중기 경기를 갈겨대자 황토 흙에 총탄이 맞아 흙먼지가 튀어 올랐다.

2소대원이 숨가쁘게 달리자 이미 능선을 넘은 1소대가 산을 짓쳐 오르는 군인들을 향해 총구를 갈겨댔다.

소대가 안전지대로 이동한 후 점검을 하니 한 사람의 부상자도 없었다. 황대용은 신이 나서 떠벌였다.

"첫 번째 트럭을 놓쳐 아쉽지만, 그래도 사살 3명에 트럭 1대 소 각, 엠원 3정 노획이니 성공이야. 도사령부에 보고하면 왕땡이겠구 면."

김영은 총 한방 쏘지 못하고 첫 번째 전투는 끝났다.

잠시 물러섰던 군경부대가 돌담에 기대어 반격을 시작했다. 삽시 간에 총탄과 포탄이 번개 치듯 떨어져 내렸다. 총사 쪽 고지에서는 지원사격이 불을 뿜어댔다.

그때 선두에서 도로를 건너 달렸던 지 소년대원이 픽 쓰러졌다. 그 광경을 목격하고도 최중대장은 후퇴명령을 내렸다.

능선 뒤에 칠수한 부대가 인원 점검을 해보니 지 소년의 행방이 아리송했다.

다행히 토벌군이 물러가고 부대 정비를 하고 있을 때 지 소년이 다리를 절며 돌아왔다.

모두 반기는데도 그는 풀이 죽어 있었다. 총을 앗기고 돌아온 것이다.

그런데도 최중대장은 그걸 문제 삼으려 하지 않았다.

"위생병은 지 소년을 잘 치료하드라고. 오늘은 전과를 올렸응께 부락으로 가 쉬자고."

부대가 막 출발하려고 하는데 황대용이 묶인 포로 다섯을 끌고 나왔다.

"중대장 동무, 이놈들을 처치해 버리시오. 순경 둘에, 국군이 셋……."

최중대장은 싫다고 말했다.

"동무가 처리하오. 난 부대를 끌고 가겠소"

"그럼 호명하는 동무는 그대로 남아 있도록. 천○○, 박○○, 배봉숙, 김○○, 김영……."

그 호명소리에 김영은 가슴이 철렁 내려앉았다.

"천 동무부터 시작이오."

의용군 출신인 천이 우두커니 서 있자 그의 아식보총을 낚아채더니 날창을 꽂고는 새파랗게 질려있는 첫 번째 청년을 힘주어 찔렀다. 천은 피할 수 없는 자리임을 깨달은 듯 피 묻은 총을 넘겨받고 눈을 감은 채 두 번째 청년을 향해 미친 듯이 찔러댔다. 험상궂은 얼굴이었다.

"다음은 김○○ 동무."

그는 아예 눈을 질끈 감고 총검술을 하듯 일격 후에 다시 연타하여 상대를 거꾸러뜨렸다.

"다음은 박○○ 동무."

벌써부터 빨개진 얼굴에 고개를 숙이고 꼼짝하지 않았다.

"여성이라도 당성이 약해서야 어찌 빨치산이 되노 ……다음은 배 동무."

여고를 다니다 입산했다는 그녀는 문학소녀답게 눈물을 글썽이며 항변 아닌 항변을 했다.

"저, 전 못해요."

황은 어이가 없는지 한동안 그녀를 노려보다가 김영에게로 눈길을 돌렸다.

"다음은 김영 동무, 동무는 남자니까 할 수 있어."

그는 가슴 속 깊은 곳에서 항변하는 소리가 있어 어찌할 수 없었다.

"나는 크리스천이기 때문에 살상은 못 합니다."

황대용은 흠칫 놀라는 표정으로 외쳐댔다.

"종교가 아편이란 걸 모르오. 빨치산에게는 오직 투쟁만이 있을 뿐이오."

"전투 시엔 어쩔 수 없겠으나 포로를 처단하는 일은 법으로 금해 있는 일입니다."

"김 동무의 사상이 의심스럽군. 동무의 그 휴머니즘부터 개조해야 되갔소. 김 동무는 시를 쓴다니까 오늘은 내가 양보하지만 동무는 당성을 길러야 되갔소."

김영은 가까스로 위기를 벗어났다.

중대는 다시 마을로 돌아와 게 눈 감추듯 식사를 해치웠다. 식사 후 중대본부에선 소대장이 모인 가운데 문화부 중대장의 보고가 있었다.

"동무들의 오늘 전투는 잘 싸웠소. 특히 1소대 동무들의 돌격으로 적을 격퇴시킨 것은 훌륭했소. 그런데 1소대 지 동무의 행동은 엄중히 비판받아야 하는 데 의견들을 말하시오."

그러자 2소대장 이태가 조심스럽게 물었다.

"엄중히 비판받는다면 어떻게 한다는 말씀이오?"

"빨치산의 규율에 따라 처단한다는 말이오."

"하지만 그건 너무 가혹한 일입니다. 지 동무는 맨 선두에서 돌격하다가 총을 맞고 꼼짝할 수가 없었습니다."

“총을 뺏긴 것이 그것으로 정당화 됩니까.”

“그리 따진다면 지 동무를 버리고 온 우리에게도 모두 책임이 있습니다.”

“동무는 궤변을 늘어놓고 있구먼. 인민의 무력인 총 한 자루를 버린 것은 사실이 아니오?”

“어쨌든 위기의 순간에서 지 동무가 살아 왔으니 인민의 소중한 무력이 보존된 것 아닙니까.”

다른 소대장과 대원들도 동의한다는 듯 고개를 끄덕이자 황대용은 약이 오른 듯 언성을 높였다.

“내 진작 동무의 패배주의적 작풍을 비판하려던 참인데 동무의 오늘 전투행위는 매우 비겁했소. 그 낡은 인텔리 근성을 청산하오.”

“나는 온힘을 다해 싸웠습니다. 문화부 중대장 동무는 전투 때마다 나의 후방에 있었습니다.”

이렇듯 분위기가 험악해지자 잠자코 있던 최 중대장이 중재에 나섰다.

“동무들 그만들 하기요. 오늘은 전과도 좋았으니 막걸리 한잔씩 하고 쉬는 것이 좋갔구먼……”

그날 저녁 지 소년은 위기의 순간에서 살아났다.

피 묻은 수첩

　김영은 초등학교 시절부터 어린이신문 등에 투고하는 문학 소년이었다. 중학생이 되면서 러시아의 고리키와 푸시킨의 작품을 탐독하며 문학에 대한 꿈을 키워 갔다. 중학교 3학년 때 해방을 맞은 그는 혼란한 해방 공간속에서 한동안 방황했다.

　해방 후의 책들은 거의가 일어판을 중역한 해외 작품이거나 좌익 계열의 이념서적이었다. 그즘 그가 구했던 시집은 임화의 『현해탄』과 한용운의 『님의 침묵』, 신석정의 『슬픈 목가』 등이었다.

　그가 새로 구입한 문학서적에 탐닉해 있을 무렵, 세상은 모스크바 3상회의가 결의한 5개년 신탁통치안을 둘러싸고 어수선했다. 이른바 반탁과 찬탁은 좌우의 갈등으로 점차 첨예화되어 갔다. 이런 정치 과잉시대에 청소년들은 그 어딘가에 기울고 있었다. 하지만 김영은 독서삼매에 빠져있는 동안은 그 어디에도 기웃거리지 않았다.

학교에 나갔으나 교사나 학생들의 학습은 채 자리가 잡히지 않았고, 그 가운데 사상적 갈등의 회오리바람은 학원 깊숙이 불어 닥치고 있었다.

해방된 지 3년, 봄을 맞은 제주섬에서는 4·3 항쟁이 일어났다. 야산에는 밤마다 봉화가 올랐고 이를 저지하는 경찰과 좌익청년들 사이에 사상자가 늘어갔다. 이른바 야산대 활동이 시작된 것이다.

이같이 4·3 항쟁으로 1만 3천 이상의 도민이 죽어간 제주도의 참극이 전해지면서 김영의 가슴을 암울하게 만들었다. 중학(6년제) 졸업반이 된 그는 홀어머니에 대한 사모 때문에 학업을 계속하기로 하였다.

그해 9월 김영은 서울 Y대 국문과에 진학하고 아현동 월세방에서 친구와 자취생활을 시작했다. Y대는 이미 학생회가 해산했고 학도호국단의 테러가 성행하고 있었다. 이런 시기에 그는 시를 쓰는 한편 피아노 공부를 시작했다. 그는 울적할 때마다 피아노 앞에 앉아 <엘리제를 위하여>를 연주하곤 했다.

그즘 남녘의 항구 여수에서는 국방군 14연대의 여순병란이 일어났다. 지창수 등 하사관 그룹이 주동이 되어 제주도 출동을 거부하고 이승만 정부를 반대하는 반란을 일으킨 것이다.

겨울방학에 고향에 돌아온 김영은 초등학교적 이경식 외에 야산대에 투신한 두 친구가 있다는 소식을 듣고 우울한 나날을 보내고 있었다.

이즘 희한한 사건이 벌어졌다. 전남북 인근의 히어테 고개에서 중학생 서껀 18세 소년 12명이 군인들에게 죽임을 당한 사건이다. 쌍치 가마골에서 야산대를 소탕하던 군인들이, 순창서에서 야산대의 심부름을 했다는 혐의로 조사를 받던 소년들을 사살해버린 것이다.

그 소년들 중에는 김영의 후배들도 있었다. 이 소년의 가족들이 미친 듯이 거리를 헤매며 읍내가 울음바다로 들끓었다. 그런데도 항의할 아무런 수단도 없는 상황을 보고 김영은 하느님이 원망스러웠다. 아니, 그 존재마저 의심했다.

'도대체 하느님의 섭리란 어디에 있는 것인가? 신은 대체 어떤 존재인가? 이런 현실 속에 시는 무슨 가치가 있으며, 무슨 효용이 있단 말인가?'

이런 회의에 빠지면서 그는 다시 대학에 가지 않았다.

그해 여름 전쟁이 터졌다. 그는 9·28 인민군 패퇴 때 고장의 남녀 문학동인들과 회문산의 전북 유격대사령부를 찾았다.

1951년 정초, 독수리병단은 회문산 전북유격사령부의 외곽 방어선인 약단봉 초소를 지키며 2킬로 남짓 떨어진 갈담의 전경부대와 대치하고 있었다. 당시 중국지원군이 서울선까지 내려오던 때라 군경의 큰 공세는 없었다.

봄날처럼 따스한 어느 날 이태는 능선을 정찰하면서 김영을 동행시켰다. 그는 개머리판이 없는 칼빈을 들고 뒤따르고 있었다. 부근에 적정은 없어 둘은 바위 그늘에 몸을 숨기고 못다 한 이야기를 나눴다.

"이경식 소식은 듣고 있는가?"

"가마골 습격을 받고 분산된 후 본 사람이 없대요. 아마도 부상을 입고 헤매다 짐승처럼 간 거죠."

"혁명에는 젊음의 희생이 따라야 하니……."

이태는 탄식조로 말을 끝맺지 못했다.

그런 며칠 뒤 이태는 능선을 정찰하다가 보초를 선 이성열이 엎드려서 뭔가 쓰고 있는 것을 발견했다. 다가가 보니 문고본 여백에 몽당연필로 적어내리고 있었다.

"뭔가, 보초근무 중에?"

이태는 훈계조로 말했다. 그는 놀라며 손에 든 것을 감췄다.

"좀 생각난 것이 있어서요."

이성열은 J대학을 다니다 전쟁 때 의용군으로 나가 낙동강 전선에 참가했는데 인민군 패퇴 시 회문산에 입산했었다. 그는 김영과 나이가 같은 작가 지망의 문학도였다. 소대장 이태와 김영, 노병서, 이성열 등 네 사람의 문학 동호인들은 가끔 모여 토론을 벌이곤 하였다. 그런 화제 속에는 으레 고리키, 푸시킨 등의 이름이 오르내리고 여상현, 김기림, 임화의 이름을 들먹이곤 하였다.

그 무렵 남한 문학도들의 우상이던 월북시인 임화의 <인민항쟁
가>나 <민애청가> 등은 이미 혁명적 센티멘털리즘이라는 이유로
금지곡이 되어 있었다.

정월 어느 날 이태가 회문산 전북사령부의 무전통신과로 소환되
면서 문학 그룹과의 연락은 끊겼다.

1951년 3월 5일 밤.

자정 무렵부터 진눈깨비가 내려 전투에 지친 대원들을 소름 끼치
게 하였다. 간밤의 엽운산 전투를 끝으로 회문산의 모든 봉우리는
토벌군이 장악하게 되었다. 다음 날은 골짜기 수색전이 벌어질 것
이고, 전북 총사 각급 유격부대는 전멸의 위기를 맞을지도 모른다.

그날 밤 전북 총사 각 병단에는 극비리에 긴급 명령이 내려 있었
다. 전북도당과 보위, 기포, 벼락, 독수리, 각 병단 등 주력은 총사령
관 방준표의 지휘로 임실 성수산을 거쳐 장수 덕유산으로 빠지고,
카츄사, 번개, 땅크 등은 쌍치 정읍을 거쳐 부안방면으로 진출한다
는 것이었다.

김영은 총구를 닭기름으로 닦으면서 투구봉과 엽운산 고지의 처
절했던 공방전을 떠올렸다.

토벌군은 정규전에 쓰는 105밀리 직사포로 포격을 가하고, 전투
기를 동원해 네이팜탄을 퍼부으며, 참호전에 쓰는 유산포까지 마구
쏴두졌다.

1분에 60발의 포탄이 엽운산 고지에 날아들어 고지 여기저기에 찢긴 팔 다리 등 시체 토막이 나뒹굴었으며, 수비대원은 동지들의 시체를 방패삼아 결사항전을 했었다.

총사 정예부대 중 몇 개 중대가 이 고지전에서 전멸했다. 회문산 주봉 외 봉우리들은 모두 토벌군에게 앗기고 말았다.

진눈깨비가 뿌리는 칠흑의 밤에 비무장의 의무과, 후방부, 도당부를 선두로 주력부대는 미륵정을 거쳐 천담리로 산골을 끼고 행군을 계속했다. 독수리병단은 후방 감시를 맡아 일중리를 빠져나갈 때는 훤히 날이 새고 있었다.

김영은 자주 뒤돌아보면서 수많은 젊은이들이 죽어간 봉우리들을 떠올리며 가슴이 무겁게 차올랐다. 그가 제1비상선인 원통산 중턱에 이르렀을 때는 오전 10시가 지난 시간이었다. 선발대는 삼계면 부락에 들어 식사 준비를 하고 있었다.

행군은 정찰대와 기포병단이 선두에서 진로를 트고 벼락과 보위는 총사와 후방부를 호위하고 독수리는 후방 감시를 하면서 동천東遷을 계속했다.

이처럼 진군이 계속되는 동안에도 토벌군은 끈질기게 꼬리를 물고 늘어져 전투를 치르기 일쑤였다. 대열은 하루에도 몇 번씩 사선을 넘는 후퇴 끝에 임실 성수산에 도착했다. 그러나 그곳도 빨치산의 안식처는 아니었다. 산간 마을은 모두 불에 타 돌담과 흙벽만 남고 부락민들은 지서 근처 마을로 소개되어 사람의 그림자는 볼 수 없었다. 거기 남은 부락민들은 쑥을 캐어 밥을 짓고 소나무 껍질을 벗겨 떡을 쪄먹는 절량기의 보릿고개를 맞고 있었다.

소백산맥 방면으로 빠진 전북총사 부대는 임실 성수산을 거쳐 함양 백운산으로 향하고 있었다. 피로 얼룩진 행군이었다. 그즘 독수리병단은 36부대로 개편되고, 이태는 통신대 과장에서 새로 개편된 27부대 중대장이 되어 있었다. 새로운 부대 편성으로 같은 행로를 가면서도 김영의 소식은 알 수 없었다. 그런 어느 날 이태는 행군 대열에서 벗어나 있는 김영을 만났다. 회문산을 뒤로 한 지 한 달쯤 인데 그는 몹시 초췌해 보였다.

"몸은 어떤가?"

그는 한숨만 내쉰 채 말이 없었다.

"이성열은 어찌 되고?"

"아침엔 동행했으나 전 사역으로 그와 떨어졌습니다."

장안산에 이른 어느 날 그는 사령부로부터 차출되었다. 가보니 20세가량의 여인이 풀밭에 누워 있었다.

"도당 사령의 비서인데 동무가 트까지 도와드리기요."

한눈에 봐도 가냘프나 미모의 여인이었다. 그녀를 업고 가파른 골짜기를 타올랐다. 그녀의 체중은 가벼웠으나 1킬로 남짓한 비트 까지는 몇 차례 휴식을 취해야 했다.

"동무 수고를 끼쳐 미안해요."

“괜찮아요. 쉬엄쉬엄 가잖아요.”

김영은 나중에 그녀가 도당 위원장 방준표의 비서라는 것을 알았다. 그녀는 전북 부안 출신의 간호병으로, 백장미를 연상시키는 미인이었다.

김영은 총사를 거쳐 사단으로 돌아오는 길에 연락과 지도원 이성식을 만났다. 그는 검은 테 안경에 미소를 띠며 힘 있게 김영의 손을 흔들었다.

“영, 무사하구만.”

“그쪽은 좀 어떤가?”

“말도 말게, 놈들이 그쪽으로 달라붙어 희생이 많았지. 한데 이 말을 해야 할지…….”

“뭔데?”

“차분히 들어주게. 영자가 전사했어!”

“아니, 열흘 전까지도 잘 있다고 들었는데!”

성식은 안주머니에서 피 묻은 수첩을 꺼내주었다. 쌍치면 피재에서 순창군당 전원이 쉬고 있을 때 기습을 당했다는 것이다. 열대여섯의 동지가 희생되었는데, 그 피 묻은 수첩은 영자의 주머니에서 나온 것을 다른 여성 대원이 보관했었다고 전해 주었다.

“잘 읽어보게. 난 또 남부로 가야 되네. 힘 잃지 말고…….”

도무지 믿어지지 않았다. 그는 조용한 개울가로 내려가 바위에 앉았다. 꿈인지 생시인지 가늠이 되지 않았다. 한참 만에 떨리는 손으로 피 묻은 수첩을 꺼냈다. 깨알 같은 글씨로 일기처럼 써내려간 그 수첩은 순정의 혈서였다. 마지막 일부가 적힌 글을 읽으면서 그는 밀려오는 전율을 어찌하지 못한 채 수첩을 떨어뜨리고 말았다.

○월 ○일

오랜만에 총소리가 멎었다. 토벌대도 쉬고 빨치산도 싸움에 지쳐 하루쯤 쉬고 싶었을 것이다. 태풍 일과 후의 정적. 폭풍 전의 고요.

……나는 오빠 앞에 서면 모든 것을 이야기하고 모든 것을 내던지고 싶은 충동을 느낀다. 그러나 오빠는 언제나 한 발짝 물러서서 나의 접근을 허락하지 않았다.

오늘 나는 갈대밭에 앉았을 때 오빠한테 모든 것을 고백하고 싶었다. 또 오빠가 무엇인가 물어오기를 기다렸다. 그러나 아쉬운 말 한마디는 기어코 마저 하지 못했다.

오빠를 다시 만날 수 있을 것인가. 내일부터 회문산에 대소탕전이 벌어진다고 한다. 오빠, 부디 안녕. 아, 그리운 평화…….

'흰 나리가 죽다니. 그럴 순 없다. 그런 천사를 누가 데려간다 말인가?'

그는 이제 신의 은총도 믿을 수 없었다. 역사의 수레바퀴가 절대 선絶對善으로 굴러간다는 헤겔의 변증법도 믿을 것이 못 되었다.

"오빠, 흰 나리는 절대 죽지 않을 거예요. 오빠, 나리는 기어코 살아납니다. 오빠하고 함께 통일의 그날 고향에 가기로 했잖아요"

순간 나리가 귓전에 속삭이는 듯 그의 이슬 맺힌 눈에는 나리의 아련한 모습이 떠오르다 사라져 갔다. 그는 신기루처럼 사라진 그녀의 환영 앞에서 두 발을 헛디디며 소리 없이 외치고 있었다.

'아니야! 나리는 결코 죽지 않았어!'

이태는 120여 명의 대원을 이끌고 혹독한 나날을 견디고 있었다. 그해 2월 하순부터 전남 백아산과 충북 월악산에서 번지기 시작한 재귀열은 어느 결에 소백산맥을 휩쓸어 남한 빨치산의 3분의 1을 말라죽게 했다. 그 공포의 열병이 4월에는 백운산의 전북 유격대를 엄습했다. 27부대원 절반 가까이 앓아눕던 5월 초 심한 고열을 느끼던 이태는 스스로 부대를 떠나 바위 사이에 격리했다.

열을 앓는 산 속 환자들은 여전히 겨울이었다. 밤이면 별을 보며 쓸쓸한 밤을 지새우다 동이 트면 햇살이 따사로운 양지쪽으로 기어나와 진달래꽃잎이나 풀뿌리를 캐어 허기를 달래었다. 환자들에게 나눠줄 곡식이 없어 일체의 보급이 끊긴 것이다.

그동안 부대가 덕유산으로 이동하자, 환자들은 제각기 지팡이를 끌며 부대를 따라 덕유산으로 옮겨 갔다. 그런데 그 후 백운산으로 돌아가면 보급이 있다는 전달이 왔다. 그 바람에 기동이 가능한 환자는 몇 명의 무장대를 의지하고 일열 종대 4보 간격의 대열을 짓고 이동대열을 따랐다.

그때 이태는 몇 사람 건너에 비실비실 걷고 있는 환자의 뒷모습을 보고 소리쳤다.

"어이, 김영 동무 아닌가?"

환자는 잠시 우뚝 서 있더니 "대장 동무!" 하고 다가왔다. 김영의 몰골은 거지나 마찬가지였다.

백운산에 당도한 환자들은 깊은 산골에 있는 환자 트에 나눠 들었다. 오랜만에 누워보는 초막이었다.

김영은 36부대의 환자 트에 들었다. 얼마 후 그들은 중화상을 입고 이태의 환자 트에 실려 온 이성열을 만나게 된다. 반년여 만에 만난 세 사람의 몰골은 꼴이 말이 아니었다. 그중 이성열은 하루가 다르게 시들해 갔다. 그런 중에도 김영은 틈만 나면 몽당연필로 시를 쓰고 있었다. 그게 현실과 꿈을 잇는 무지개다리였을까.

그들은 회문산의 독수리 시절처럼 자주 모여 문학이야기를 나눴다. 장맛비는 날마다 짓궂게 내리고 있었다.

이런 날씨에도 배고픔과 이따금 들려오는 토벌대의 총포소리만 없었다면 더 바랄 것이 없었다.

6월에 접어든 어느 날 한 가닥 밝은 소식이 들려 왔다. 이현상의 남부군이 소백산맥을 휩쓸며 남진한다는 것이었다. 게다가 재귀열 회복환자 60여 명을 차출 받아 남부군 보충 병력으로 충원한다고도 전해왔다.

이태와 김영을 비롯한 회복기 환자 60여 명은 이런 소식이 현실이 되어 환자 트를 나와 정렬했다. 이때 사경을 헤매고 있던 이성열이 눈물을 흘리면서 말했다.

"대장 동무, 김영 동무, 난 이대로 죽지만, 두 동무는 꼭 살아 역사의 수레바퀴에 짓밟힌 우리의 삶과 죽음을 글로 남겨 주시오. 잘 가요."

둘은 힘없이 손을 흔들며 환자 트를 뒤로 했다.

6월 10일, 환자부대는 넝마를 벗어던지고 미군복으로 단장한 승리사단 선견대의 향도로 아카시아 향이 코를 찌르는 백운산을 떠나 승리사단이 머물고 있는 덕유산으로 행군을 시작했다.

전북서 파송된 보충 병력은 15명 단위로 나뉘어 각 부대에 배속되었다. 이때 서울부대에 같이 편입된 김영은 이태의 손을 잡으며 기뻐했다. 전북부대의 경력은 무시되어 모두 전사로 편입되었는데, 승리사단의 구대원들은 그들을 친절히 대해 주었다.

덕유산 억새 숲에서 경찰부대 1개 대대를 격파하여 노획한 수백 자루의 총기는 편입된 전사들을 전원 무장시켰다.

지난날 여순병란 봉기군이 핵심인 승리사단은 도당 직속의 전북 유격대와는 사뭇 달랐다. 또한 남부군은 상하의 구별은 엄격했으나 간부와 전사간의 차별은 없었다.

어느덧 그들은 회복기 환자의 탈을 떨쳐 버리고 늘름한 전사로 거듭나고 있었다.

7월 들어 승리사단은 기백산 유안천 계곡에 이르렀을 때, 두 달 전 민주지산에서 가야산으로 향했던 남부군의 인민여단과 혁명지대의 두 부대와 조우했다.

전 부대는 바위틈으로 넘쳐나는 개울 속에 몸을 담그고 오랜만에 찌든 때를 벗겨냈다. 그때 보충병들은 옹기종기 모여 앉아 몸을 말리고 있는데, 수명의 호위병에 둘러싸인 중년이 다가서면서 물었다.

"전북 동지들인가?"

이태는 이내 그가 남부군의 이현상이라는 것을 알았다.

"수고들 많았지. 뭐 불편한 것 없나요?"

"없습니다, 선생님."

이태는 공경심을 다하여 대답했다. 그는 고개를 끄덕이더니 잠시 후 발걸음을 옮겼다. 보통 키에 목이 짧아 중후한 인상을 풍기며 별 갑테 안경 속에 번뜩이는 두 눈은 인상적이었다.

김영은 남부군에 편입되면서 전북부대와는 사뭇 다른 모습에서 빨치산의 참모습을 보는 것 같았다. 따라서 그는 놀랍게 변신하고 있었다.

남부군이 남하하던 중 가회전투 당시 김영은 참모장 박종하의 곁에서 함께 돌격하는 용감성도 보이고, 그때 잡은 경찰 포로 60여 명을 방면하는 쾌거도 경험했다.

김영은 이때를 전후하여 전쟁과 평화, 갈등과 화해라는 상반되는 모순을 하나로 승화시키려는 시세계를 추구하게 된다.

> 네가 살아야 내가 산다는 그런 전투는 없을까
> 지키는 자 공격하는 자 모두 우리 형제인 것을
> 쫓고 쫓기는 자 모두 동족이었는데

총구마다 불을 토하는 일제사격으로
꽃봉오리는 피 흘리며 흙으로 돌아간다.
내가 살아야 너도 산다는 그런 전쟁은 정말 없을까.

-<보루대>에서

마침내 남부군은 지리산에 들어섰다. 지리산은 남부군 전사들의 고향이며 혁명의 메카였다. 지리산에 들어선 남부군은 여러 고을을 잇달아 공격하였다. 마천전투에서는 서울부대의 태반이 전사했으나 김영은 용케 살아남았다.

남부군이 지리산에 들어선 후 뱀사골에서 처음으로 부대 개편이 있었다. 이때 이태는 승리사단의 후신인 81사단에 그대로 남고, 김영은 92사단에 배치되어 한동안 서로 만날 수가 없었다. 달궁시절 이태는 81사단 정치부의 편집지도원을 맡고 있었다.

그런데 악양전투의 실패로 꼬리를 물고 따라붙는 토벌군의 공세에 도피의 나날이 계속되고 있었다.

이런 외중에도 52년 정초를 맞아 '신년보고대회'가 열렸다. 이날 대회 마지막에 이명재의 시낭송이 있었다. 평소 때와는 달리 그가 시를 낭송할 때는 회오리바람처럼 거세었다.

부대는 이후 토벌군의 사단급 공세 앞에 이중삼중의 포위망을 뚫지 못해 쫓기고 얻어맞는 처절한 지경이었다.

지리산에 포진한 4만여 토벌군은 낮이면 골짜기를 샅샅이 뒤지고 밤이 되면 봉우리마다 모닥불을 피우며 기세를 올렸다. 숨어서 보

는 그 불길은 도깨비불처럼 무서웠다. 하지만 아무리 쫓겨도 대열
에 붙어 걷는 동안은 목숨이 붙어 있는 것이다. 그들이 간절한 것은
잠이요, 배를 곯리지 않는 일이었다.

얼마 전까지만 해도 상승부대 지리산 호랑이로 이름을 떨친 남부
군이 골짜기 틈으로만 숨어 다니는 패잔병이 되어 있었다.

어느 골짜기에 이르렀을 때 달이 중천에 떠 있었다. 부대는 화엄
사에 보급을 나갔다가 쌀을 한 부대씩 지고 강행군한 끝에 능선을
넘고 있었다. 김영은 부대에 쌀 너 말을 지고 손에는 엠원을 든 채
대열을 따라붙고 있었다. 발가락 동상으로 이를 앙 문 강행군이었
다. 그때 바로 뒤에 두서너 명의 그림자가 따랐는데, 그들은 총만
메고 짐 진 것은 없었다. 누군가 뒤에서 그의 짐을 벗겼다.

"동무, 발이 성치 못한 모양인데 그 짐을 내가 좀 지겠소"

정겨운 목소리는 남부군 사령관 이현상이었다.

"괜찮습니다, 선생님. 제가 지겠습니다."

김영이 짐을 다시 지려 했으나 그는 멜빵을 뺏어 끼더니 성큼 걸
어 나갔다.

"동무 어서 가요. 힘을 내야지."

김영은 잠시 얼떨떨해 있는데 호위대원 하나가 달려오더니 다시
금 그 짐을 뺏어 진다.

"선생님, 먼저 갑니다. 천천히 오십시오."

짐을 뺏어 진 대원은 날랜 걸음으로 대열을 앞질러 갔다. 50대

중키의 이현상은 군복에 회색 반코트를 입고 안에 털이 달린 방한
모를 쓰고 있었다.

김영은 절름거리며 얼마를 걸었을까, 넓은 초원에 이르니 대원들
이 휴식을 취하고 있었다.

그 자리엔 이현상 사령을 맞아 조복애가 춤을 추자고 손을 내밀
었다.

"난 춤을 못 춰. 여기 참모장과 추지."

그 바람에 참모장과 조복애가 포카춤을 추기 시작했다. 대원들은
박수를 치며 즐거워했다. 죽음의 고비를 넘기면서도 즐거운 순간을
연출했던 것이다.

시련은 각일각 다가오고 있었다. 1951년 말부터 백선엽 야전군의
4만 군사가 지리산을 포위, 대토벌작전에 나서고, 1952년 1월의 2
차 작전에서는 지리산에 잔존한 남부군을 이중삼중으로 포위해 들
고 있었다. 남부군 직할 81사단과 92사단은 이미 절반 이상의 전사
자를 내고 백여 명의 소부대로 나뉘어 목숨을 부지하는 데 급급했
다. 영하 20도의 혹한 속에 빨치산들은 기아와 동상에 허덕이면서
대군사를 맞아 허둥대고 있었다. 그때까지 신기하게도 총탄은 그들
을 비켜갔지만, 언제 꺼질지 모르는 바람 앞에 등불이었다.

그런 와중에도 소멸된 간부를 보충하기 위해 단기교육을 받은 김
영은 초대장이 되어 10명의 전사를 이끌고 세석평전의 한 봉우리를

지키고 있었다. 그는 본대가 영신봉으로 물러서는 동안 토벌대를 막으라는 임무를 띠고 있었다. 어언 동이 트면서 잔돌밭이 희끄므레 모습을 드러냈다. 새벽바람은 언 귓불을 칼로 에듯이 스치고 지나갔다. 이런 눈밭에 아식보총을 든 초대원들은 어디선가 아스라이 들리는 박격포 소리에 넋을 앗기고 있었다. 김영에 딸린 대원들은 거의가 부락에서 데려온 초모병이었다. 전북서 파송돼 온 보충병들은 거의 소멸돼 버렸다. 그들은 지금 본대의 퇴각을 위해 버린 돌로 남아 있었다.

저대금 돌담이 보이자 김영은 대원들을 그 돌담에 4미터 간격으로 배치하고 전방을 내려다보았다.

토벌대의 공격이 시작되자 김영은 엠원의 방아쇠를 당기고 있었다. 곧 총알이 동났다. 대원들은 산토끼처럼 흩어지고 그는 가슴에 총을 안은 채 산언덕을 눈사태와 함께 굴러 내렸다.

토벌군의 3차 공격 때 남부군 백여 명은 백무골에 집결해 있었다. 꽃샘바람이 불고 있었으나 백무골은 한겨울이었다. 전사들은 30명의 4개 편대를 만들어 토벌군의 중포위를 뚫기로 하였다. 이때 걷지 못하는 중환자가 넷에, 동상 부위가 곪아 신열로 몸을 추스를 수 없는 김영은 발을 잘라내고라도 편대를 따르겠다고 했다. 하지만 참모는 이들을 남기고 가기로 하였다.

"동무들은 여기서 기다리라오. 공세가 수그러들면 데리러 오갔소.”

편대가 떠난 후 백무골에 남은 네 환자들은 쌀 한 톨 없는 수일을 견디었다. 밤에는 숯굴자리를 찾아 잠을 자고 해가 뜨면 엉금엉금 기어 나와 바위를 등지고 햇볕을 쬐었다. 이미 사람이 아니라 눈사람, 아니 눈귀신이 되어 천지에 널린 눈을 쌀알처럼 오독오독 씹으면서 지는 해를 보냈다.

수일 후 김영은 숯굴에서 나와 산대숲을 자나는데 “손 들엇!” 하는 소리와 함께 총구가 자신의 가슴을 겨누었다.

“손들고 일어나!”

김영은 비틀비틀 일어섰다.

“빨리 걸어, 임마!”

한 병사가 구둣발로 내질렀다.

그는 눈밭에 나가떨어지면서 핏빛 같은 시가 떠올랐다.

가슴을 불태운 사랑도 가고
묵숨을 살라 바쳐온 깃발도 가고
흙은 언제나 저만치서
고향으로 조국으로 나를 기다리겠지.

어제도 오늘도 그를 배반하고
밟고 짓밟고 지나가 버려도

흙은 언제나 그 자리에서 나를 기다려 주겠지.

이끼 낀 탑신에서 고개를 내밀고
흙은 언제나 나를 부르고 있겠지.

─<속 귀거래>에서

인간의 벽

포로들은 하나같이 표정 잃은 석고처럼 앉아 있었다. 깃발 잃은 사람들에게서는 그가 지닌 본연의 인간성도 엿볼 수가 없었다. 우리에 갇힌 들짐승과 다를 것이 없었다.

수용소에서 던져주는 빵 한 덩이의 미끼는 포로들이 서로 배신하고 미워하는 마술을 부리게도 하였다. 체중이 50킬로를 갓 넘은 소식小食의 김영으로서도 반 공기 정도의 안남미 밥과 소금국으로는 견디기 어려웠다.

얼마 지난 후 감방에서는 이상한 현상이 벌어졌다. 지금까지 걸신들린 듯 밥을 노래하던 포로들이 앓아눕게 되어 배식된 밥이 남아돌았다. 그간 영양실조로 갖가지 병에 시달려 온 포로들은 피똥을 싸며 시들시들 죽어갔다.

한 포로는 소매를 걷어 올리면서 탄식조로 말했다.

"이보래이. 비타민C 몇 알이면 낫는다는데 의무과 놈들이 줘야 말이지. 난 이대로 갈 모양이야."

그는 심한 하혈 끝에 싸늘한 시체로 변해 갔다.

어느 날 김영은 밤눈을 못 보게 되었다. 그러다가 아침이면 거짓말처럼 그 증세가 사라졌다. 야맹증으로 비타민 A 몇 알이면 치유되는 병인데도 그것을 구할 수가 없었다. 그런 중에도 그는 시체 처리를 하는 사역에 동원되었다. 철조망을 둘러친 긴 건물 안에는 항상 50여 구의 주검이 지독한 악취를 풍기며 줄줄이 뉘어 있었다.

그가 이런 상황을 저항하는 길은 한 가지 시뿐이었다.

> 그 어떤 황제도 봄을 막을 수는 없다.
> 꽃봉오리를 뭉개고 새들의 날개를 잘라도
> 꽃은 피고 봄은 온다. 그리고 새들은 날아온다.
> 어떤 법령으로도 봄의 기류를 막을 수는 없다.
> 보라, 돋아나는 잔디, 춤추는 나비.
> 어떤 폭군도 이 땅의 해동을 막을 수는 없다.
>
> ―〈아무도〉에서

이런 고난 속에서도 군사재판이 시작되었다. 형식적으로 치러지는 군사재판은 주사위를 던지듯 사형이나 무기 또는 장기형이 내려지는데, 단심제로 운명이 결정된다. 간단했다. 모 아니면 도다. 일단 형이 내리면 사단장의 결재를 얻어 형장으로 끌려가 총살되든가,

형무소로 이송되어 장기수가 되든가 둘 중의 하나다.

김영도 한 무리 포로와 함께 심문소로 끌려갔다. 열 명을 먼저 호명하여 콘크리트 바닥에 꿇어앉힌 후 우람한 체구의 수사관 셋이 몽둥이를 들고 무지막지 후려쳤다.

김영 앞에 선 수사관은 그를 힐끗 보더니 테이블 앞으로 끌고 갔다. 본적, 이름을 묻고는 다시금

"너 사람 몇 죽였니?"

"나는 크리스천이기 때문에 살인은 하지 않습니다."

"그래 좋다, 무슨 부대에 있었노?"

"독수리병단에 있다 후에 남부군으로 갔습니다."

"남부군이라 했나?"

"네."

"이현상이 사령관이랬지?"

"……."

"그런 악질부대면 토벌군을 수없이 죽였어."

"난 절대 죽인 일이 없습니다."

"네가 죽이지 않았어도 네 부대에서 전과를 올렸을 게 아닌가?"

"그야 전투 중엔 피아간에 전사자가 나겠죠."

"그럼 됐어. 너 청웅전투 참가했지? 그때 상황을 말해 봐."

"전경 3명과 남부군 5명이 전사했다고 들었소."

"됐어. 여기 지장 눌러."

이렇게 제1차 조사를 끝냈다.

심사가 진행되는 동안에도 포로들의 기아는 여전했다. 걸신들린 포로들은 쥐를 잡아 껍질을 벗기고 살을 통째로 씹어 먹는 경우도 있었다.

김영의 재판은 쉽게 끝났다.

"군경 3명을 살해한 흉악무도한 살인자……."

이런 논고를 하면서 검찰관은 "여기에 이의 없는가?" 하고 물었을 때 그는 소스라치면서 말했다.

"아니오. 난 사람을 죽인 적이 없어요. 그런 말을 들었다고 했을 뿐입니다."

"그래, 알았어. 다음……."

이것으로 재판은 끝났다.

"구형과 판결은 서면으로 하겠다."

이어 법무사는 이 한마디를 남기고 퇴장해 버렸다.

이틀 후, 백여 명의 포로들이 헌병대 마당에 도열했다. 그중 20여 명은 별도로 호명되어 수갑이 채워진 채 어디론가 끌려 나갔다. 사형이 확정돼 형장으로 가는 포로들이었다. 얼굴이 백지장처럼 새하얘진 그들은 트럭에 실리자 수갑을 찬 두 손을 쳐들어 절규했다.

"먼저 가오. 동지들 끝까지 싸워다오."

그들이 떠나고 나머지 포로들은 화물차에 실려 남광주역으로 가서 다시 열차에 옮겨 탔다. 열차가 역구를 빠져나가자 이번에는 칼빈총을 든 헌병 한 명이 나서서 주의사항을 말했다.

"지금부터 잡담을 금한다. 이를 어기는 자는 즉결이다!"

포로들은 자라처럼 고개를 움츠렸다.

대전역에서 내린 포로들은 형무소로 직행했다. 그곳 3사 9호실에 든 김영은 다음 날에야 자신의 형량을 통고받았다. 징역 20년— 이 것이 숙명이라면 이를 앙 물고 받아들여야 했다.

그즘 사상범들을 수용하던 대전형무소는 거칠고 살벌한 감방 분위기로 유명했다. 하지만 김영은 유일하게 허용된 신구 성서를 읽고 또 읽었다. 그는 어린 시절 세례를 받았으나 독실한 크리스천이 되지 못하고 입산 후에도 열렬한 전사가 되지 못한 자신에게 깊은 회한을 느꼈다. 하지만 그는 휴머니티에 대한 신념만은 한순간도 잊지 않았다. 이것은 그가 시를 쓰는 뿌리요 골간이기도 하였다.

어느 날 놀라운 소식이 날아들었다. 1953년 7월 27일의 휴전 소식이었다. 한 달 뒤에는 어머니로부터 편지가 전해 왔다. 8월 17일 어머니의 편지를 받고 그는 10일 후 그리운 어머니에게 애절한 사연을 적어 보냈다.

그동안 미장이의 조수로 출역하던 그는 '접견' 통고를 받고 어머니와 탁자를 사이 두고 마주 앉았다.

한동안 모자는 말을 잇지 못했다.

어머니가 빵과 떡, 구매권 등을 내놓을 때 그는 눈물을 거두고 말문을 열었다.

"어머니, 저 배고프지 않아요. 제게 필요한 것은 책입니다. 다음 번에 『영문 세계사』를 차입해 주셔요."

이때 간수가 손을 들었다.

"시간 마감이오."

김영이 떡을 싼 포장지를 들고 나가자 어머니는 접견실 문을 살금살금 걸어 나왔다.

그 후 재소자에 대한 '사상동태조사'가 시작되었다. 이제 그에게는 지옥이냐, 굴복이냐의 한 가지 선택만이 남았다.

김영은 '지옥'의 길을 택했다. 전향을 거부하면 시베리아라고 불리는 7사의 독방에 보내진다. 이 7사의 독거방은 24시간 사람의 그림자도 얼씬하지 않았다. 식사시간이 되면 청소부가 식구통에 5등식을 던져주고 간다. 이런 꽁보리밥을 한 입에 백 번씩 씹었다.

독거방에서 겨울을 세 번째 맞이할 무렵 서신 접견이나 독서, 목욕 등 모든 자유를 제약했다. 많은 수형자들이 굶주림과 고독을 못 이겨 전향서를 썼지만 그는 꺾이지 않았다. 그가 커뮤니스트여서가 아니라 '인간'임을 포기하지 않기 위해서였다.

사람을 동물 취급하는 그런 처사에 애당초 굴복할 수 없었던 것이다.

하루는 기침이 나면서 으스스 온몸이 떨렸다. 청소부의 연락을 받고 의사가 청진기를 들고 오더니 아스피린 몇 알과 소화제를 처방하고 갔다. 그런 어느 날 밤 목구멍에서 핏덩이가 넘어왔다. 놀란 담당 의사가 온 후, 간병부가 달려와 지혈제를 놓더니 각혈이 멎고 며칠 후 X레이 검진 결과 폐결핵 중독증이라는 진단이었다. 파스와 나이드라지드를 계속 복용하여 기침도 잦아들었다. 그때 그의 뇌리에 번뜩이는 생각이 있었다.

'이대로 지옥에서 쓰러질 수는 없다. 이 지옥을 벗어나는 날까지 악착같이 견뎌야지.'

하루는 그에게 편지 통지가 날아왔다. 간수는 그를 소장실로 안내했다. 고향의 국회의원 임 씨와 어머니가 다니는 교회의 장로 박 씨가 기다리고 있었다.

"건강이 나쁘다는 데 좀 어떤가?"

임 의원의 말에 이어 박 장로가 말했다.

"착하고 순한 사람이 이 무슨 꼴인가? 어머님 모실 생각을 않고……."

"어찌하면 어머니를 모실 수 있을까요?"

"그만 고집을 접고 전향서를 쓰게. 그래야 내가 여기 저기 알아볼 것 아닌가."

그 말에 임 의원도 다그친다.

"저는 공산주의자가 아닙니다. 그런데 무슨 전향서를 쓰란 말입니까."

"쓸데없는 소리 말고 어서 전향서를 쓰게. 이 사람 자유로운 몸이 되어야지."

김영은 눈을 감고 잠시 고개를 떨구었다. 어머니의 모습이 아른거렸다.

"자아, 어서 쓰게나."

"뭐 이것 쓴다고 내주는 것도 아니잖습니까?"

그때 임 의원이 교무과 간수를 부르자 교회 목사가 달려 왔다.

"이 젊은이 전향서 쓰도록 속히 조치해요."

"넷."

"김 군, 우린 가겠네, 알겠는가."

그들이 떠나자 김영은 머리가 어지럽고 가슴이 두근거렸다.

김영은 전향서를 쓰면서 문득 「배반」이라는 시가 떠올랐다.

> 열세 번째 제자가 누군지 모르지만
> 유다도 베드로도 그리스도를 배반했습니다.
> 분단된 장벽, 역사의 뒤안길을
> 바위를 지고 올라가는 시지푸스
> 구더기는 똥물에 떨어져도
> 다시 벽을 기어 올라갑니다.
> 닭이 울기 전에 세 번
> 나를 모른다고 했습니다.

김영은 이데올로기의 옷을 벗어던지는 순간 벌거숭이 몸만이 남았다. 이제는 깃발도 없이 한 마리 사슴처럼 광야를 뛰고 달리면 되는 것이었다.

그가 마산으로 이감된 후 어머니가 면회를 왔다. 슬픈 만남이었지만 모자는 울지 않았다. 그의 병세는 좀 차도가 있었으나 여전히 중증이었다. 그는 오직 치병과 시작에 몰두할 생각이었다.

그즘 담장 밖에서는 자유당의 부정선거를 규탄하는 데모가 거리를 휩쓸고 있었다.

"자유당은 물러가라!"

젊은 학도들의 외침은 형무소 내에서도 회오리치고 있었다.

"폭력 간수 물러가라! 모든 부정부패 일소하라!"

이 같은 시대의 부름에 따라 특별사면과 특별감형이 이루어지려는 분위기였다.

1961년 3월 마산 형무소에서 재심을 청구한 수백 명의 환자가 대구로 이감됐다. 그러나 그들의 꿈은 5·16 군사 쿠데타에 의해 다시금 허물어졌다. 군사정권은 재심은커녕 민주당 정권아래서 활동한 혁신계 인사들마저 줄줄이 잡아 가뒀다. 제3공화국의 암운이 감돌고 있었다.

김영은 다시 마산교도소로 돌아와 투병생활을 이어가게 되었다. 이때는 형무소의 명칭이 교도소로 바뀌었다.

햇볕마저 들지 않는 감방. 그 어두운 감방에도 해 뜰 날이 있다던가. 1964년 12월 17일 아침, 배방계 담당의 호명이 시작되었다.

“○○번…… ○○번…… ○○번…….”

“96번은 어디 있나?”

“예?”

“지금 호명된 자들은 특별 가출옥이다. 소지품을 들고 모두 복도로 정렬!”

20명의 특별사면자들은 간수에게 이끌려 정문으로 나갔다.

“아, 쥐구멍에 햇빛 드는 날이 있구나!”

자물쇠 빗장을 올리자 육중한 철문이 열렸다. 바로 그 한발 앞이 자유의 땅이라는 것이 믿어지지 않았다.

김영은 10년 노동의 대가로 850원을 받고 대구역으로 휘청휘청 발걸음을 옮겨 갔다.

이것이 꿈인가, 현실인가, 도무지 믿겨지지 않으면서…….

던져진 주사위

　김영이 대전행 열차에 실려 가고 있을 때 이태는 호남선 열차를 타고 서울을 향하고 있었다. 김영보다 두어 달쯤 후 남원수용소에 갇힌 그는 포로자치체의 대장으로 뽑히어 절망적인 나날을 보내고 있었다. 남원수용소는 포로의 이동이 잦았고, 서로의 신병도 모른 채 걸신들린 짐승이 되어 있었다.

　이태는 백무골에 버리고 온 김영의 생사는커녕 그가 광주수용소에 있을 줄은 상상도 하지 못했다. 그때의 상황은 한 치 앞을 내다볼 수 없는 백척간두의 위험과 불안이 그를 지배하고 있을 때다.

　4지대는 눈 덮인 주능선을 넘어 백무골로 이동하고 있었다. 이곳에서 다시 만수천변의 야산을 이곳저곳 옮겨 다녔다. 보급투쟁을 위해 들쥐처럼 아지트를 옮겨 다녀야 했다.

백무골에서 벽송사골로 이동하던 날, 눈발이 가시고 흙을 밟을 때는 고향땅에 들어선 듯, 어디선가 봄이 다가오는 듯한 느낌이었다.

벽송사골의 이곳저곳을 헤매며, 등짐을 지고 산 어귀에 돌아올 때는 아지트에서 아침을 준비하느라 연기가 파르스레 피어오르고 있었다.

4지대가 송대골로 이동할 무렵에는 봄빛이 감돌았다. 3월로 접어든 어느 날 난데없는 토벌군의 공격이 있었다. 간밤 보급투쟁으로 대원들이 낮잠을 즐기고 있는데 언덕에 자리한 총사가 기습을 받아 총격전이 벌어졌다. 모두들 짐을 챙겨 지고 언덕 아래 집터로 몰려들었다. 그러나 그곳에도 총탄이 날아들고, 급기야 군경 합동의 대규모 토벌작전이 시작되고 있었다.

토벌군의 총소리 속에 참모와 편대장들이 소리소리 지르며 전투 배치를 서둘렀다. 종래의 김지회, 박종하 두 부대는 대대를 통합하여 2개 편대로 편성되어 있었다.

그런 와중에도 집터에 집결한 전투 편대가 반격을 가해 토벌군의 포위망이 흩어지며 돌파구가 뚫렸다. 포위망을 벗어난 4지대는 그 길로 백무골 깊숙이 숨어들었다.

백무골에는 아직도 눈과 얼음과 기아가 그들을 기다리고 있었다. 눈을 씹으며 이틀을 지새운 뒤 4지대는 부대를 네 개의 임시 편대로 나누었다.

각 편대는 십오륙 명으로 편성되고, 4개 편대에 본부요원을 각각 딸려 삼사십 명의 임시 편대 4개를 만들고 참모들이 한 사람씩 붙어 지휘를 맡게 했다. 지대장 이현상을 비롯한 지대 수뇌부는 한 편대가 기간이 된 임시 편대와 함께 독립행동을 하게 되었다.

이태가 소속된 임시 편대는 김지회부대의 한 편대를 기간으로 하여 교도대원 10명, 여성대원 육칠 명, 정치부의 이봉각, 박형규, 이동규와 이태 등 4명이 더한 삼십오륙 명으로 편성되고 지휘는 문춘 참모가 맡았다.

그동안 환자 트에 들었던 대원은 거의 원대복귀 했으며, 아직 완쾌되지 않은 복귀자들은 교도대에 편입되어 있었다.

안타까운 것은, 얼마 전에 발생한 네 명의 중환자들이었다. 백무골에도 환자 트가 있었으나 모두 노출되어 폐쇄해 버렸고, 보행이 어려운 중환자 4명을 눈 속에 버려두고 떠나야 했다.

이처럼 버려두고 가는 환자 중 독수리병단시절부터의 전우이며, 승리사단에 전속될 때도 같이 오고 서울부대에도 함께 배치된, 이태와는 아주 인연이 깊었던 김영이 있었다. 그는 스물셋의 젊은이로 가냘픈 몸매에 시를 쓰고 있어 이태는 유다른 관심을 가졌고 친밀하게 대해 왔었다.

그날 편대가 막 떠나려고 하자 김영은 슬픈 얼굴로 이태에게 다가오더니 닭똥 같은 눈물을 떨어뜨렸다.

"난 죽는가 봐요?"

"……."

이태는 뭐라 할지 말이 떠오르지 않았다.

김영은 발가락이 동상에 문드러져 보행이 어려웠다. 곧 토벌대가 들이닥칠 것이 뻔하지만, 아무도 도와주는 이 없이 이 얼음구덩이 속에 어찌 살아남을 것인가?

이태는 뒷머리를 끌어당기는 듯한 고통을 참으면서 그를 버려둔 채 대열을 따르고 있었다.

10여 년 뒤, 이태는 우연히 D지가 공모한 논픽션 당선작 「벽과 인간」이 김영의 옥중수기임을 알고 그가 생존해 있다는 것을 알았다.

그때 눈구덩이 속에 버려진 네 명의 중환자들은 편대가 이동한 후에야 즉결처분의 공포에서 벗어났다. 기밀 보장을 위해 관례대로 편대가 떠나면서 자신들을 사살해버릴 것으로 여겼던 것이다.

그들은 지대가 자기들을 도우러 올 날을 기다리며 눈구덩이 속에서 나흘을 기다렸다. 그러나 닷새째 날은 토벌대가 들이닥쳤다. 그들 중 두 명은 서로 끌어안고 수류탄을 터뜨려 자폭했다. 이들과 좀 떨어져 있던 김영과 또 한 환자는 꼼짝없이 토벌대의 총부리 앞에 손을 들고 말았다.

몸수색이 끝나고 수색대에 끌려가게 될 때, 한 명의 환자는 보행이 전혀 불가능하다는 것을 알자 이번에는 김영에게 물었다.

“너는?”

“걸을 수 있소.”

“어디 걸어 봐.”

김영이 몇 발자국 걸었을 때 총성이 고막을 울렸다.

백부골에 버려진 네 명의 환자 가운데 김영만이 살아남았다.

문춘 부대는 그날 밤 주능선을 넘었다. 주능선 촛대봉을 넘어 동이 틀 무렵 거림골로 내려서고 있었다. 그곳에서 잠시 휴식을 취한 후 이태는 새벽녘의 서광에 취해 동녘 하늘을 바라보았다. 눈 덮인 지리산 영봉들이 아침 햇살을 받아 눈부신 장관을 이루고 있었다.

다시 편대는 세석평전에서 뻗은 거림골을 향해 걸어 내렸다. 목적지가 어딘지도 모르고 앞장 선 문춘의 뒤를 따르고 있었다.

그 가지 능선을 꺾어 내릴 때, 홀연 선두 대열이 좌우로 갈라지며 엎드렸다.

“적정이다!”

대원들은 날쌔게 지형지물에 몸을 숨겼다. 순간 아래쪽에서 총성이 울리고 대원들이 응사를 시작했다.

거리는 2백여 미터, 칼빈을 든 장교 하나가 뻣뻣이 서서 큰 소리로 외치고 있었다.

10여 분 동안 격렬한 교전이 벌어졌다. 이태가 의지한 바위에는 승리사단 시절 서울부대 연대장이던 김금일이 붙어 있었다.

그는 권총을 빼어들고 전면을 쏘더니 갑자기 바위에 기대고 앉아 기지개를 켰다. 이태는 전면을 향해 조준사격을 하면서 얼핏 보니 그의 앉은 자세가 이상했다.

"동무, 연대장 동무!"

불러도 대답이 없었다. 그는 손에 쥔 담배를 땅에 떨어뜨리고 이미 죽어 있었다. 피 한 방울 흘리지 않은 채.

교전이 벌어지는 동안 토벌대는 점차 증원되어, 산등성이에 갇힌 그들 30여 명을 향해 몇 갑절의 토벌군이 협공을 시작했다.

편대는 우측 사면의 틈새를 찾아 뛰기 시작했다. 서로 눈치껏 앞대원의 꽁무니를 따르고 있었다. 이태는 사격을 하다 무심코 옆을 보니 대원이 두엇밖에 남아 있지 않았다.

박형규 등 교도대원은 반대편 토벌군과 대치해서 눈에 띄지 않았고, 그들도 등 뒤 편대가 뛰는 것을 모르고 있었다. 담대한 문춘도 이때는 편대 주력이 탈출하는 낌새를 토벌군에게 보이지 않기 위해 교도대를 버림돌로 두려는 속셈이었다.

이태는 문춘이 뛰는 것을 보고 달려가 김금일의 전사를 보고했다.

"김금일이 죽었어!"

문춘은 날쌔게 되돌아 와서 죽은 자의 몸을 뒤져 권총과 수첩 등을 배낭에 쑤셔 넣고는 손짓했다. 토벌대는 둘이 뛰는 것을 보지 못하고 맹목사격만 계속하고 있었다.

문춘과 그는 우측 사면을 달리면서 골짜기를 내려다보니 천막들이 늘어선 계곡에 병정들이 이리 뛰고 저리 뛰는 모습이 한눈에 잡혔다.

송대골에서 기습을 당해 총과 배낭만 들고 나왔기 때문에 백무골을 빠져나온 그들은 눈과 소금으로 목숨을 이어 왔다. 젊은 대원 둘이 야밤에 먼 마을까지 나가 얼마간의 쌀을 구해 왔다.

그들은 다시 안전을 위해 반천리 고운동의 어느 야산으로 옮겨 앉았다. 그곳은 민둥산이었으나 사방이 가려 있어 산허리 평지를 찾아 오랜만에 배를 채우고 단잠을 청했다.

그곳에 옮겨 앉은 이틀 후 이태는 박 모, 한 모 두 대원과 함께 편대장 문춘으로부터 작전지시를 받게 된다. 거림골에 들어가 전날 분산된 편대원을 수습해 오라는 것이었다.

그때 이봉각 정치위원까지 21명이 선이 떨어진 상태여서 시급히 거림골로 들어가 흩어진 편대원을 수습해 오라는 지시다.

"이곳으로 옵니까?"

"우리가 이동하면 포인트를 해놓겠지만, 만일의 경우엔 저들 작전이 끝나는 대로 무기고 트로 오시오."

출발에 앞서 이태는 배낭을 정리하여 중요한 전사자료 등과 세석평전에서 구한 환약봉지를 한 대원에게 맡겼다.

그날 밤 그들 셋은 산길을 타고 올라 산등성이에서 거림골을 바라보았다. 전과 다름없이 산봉우리에는 토벌군의 모닥불이 도깨비 불처럼 춤을 추고 있었다.

셋은 한동안 그 광경을 바라보다 묵묵히 산을 내려왔다. 조그마한 마을이 나오고 빈집 한 채가 눈에 띄었다. 음산한 폐옥이지만 모처럼 흙바닥에 등을 대니 따스하고 푸근했다. 불침번도 없이 그들은 깊은 잠에 빠졌다.

이튿날 깨어보니 해가 중천에 떠있자 놀란 그들은 황급히 대숲으로 들어 발싸개를 손보면서 사방을 살폈다. 밤이 돼야 행동에 나설 수 있지만, 왠지 불안스러워 다시 능선을 타고 올랐다. 한참 가다 우거진 산대숲에 들어 밤 되기를 기다렸다.

그런데 밤이 됐으나 아무도 거림골에 들어가자고 말을 꺼내는 사람이 없었다.

당초 문춘 편대장의 지시에 중대한 과오가 있었다. 비록 세 사람의 소수인원이지만 책임자를 임명해주지 않은 점이다. 정규군과는 달라 빨치산에게는 선·후임을 가릴 기준이 없다. 그들에게는 직책은 있되 계급은 없다.

세 사람은 이미 조직은 아니었던 것이다.

이태는 혼자서 여러 가지 생각을 해보았다.

지금쯤 거림골에 두세 번은 다녀왔어야 할 시간에 이 능선 언저리에서 낮잠만 자고 있었다는 것이 드러나면 셋은 영락없이 총살감이다. 그러니 죽기 싫으면 편대에 돌아가지 말아야 하고, 또 편대에 돌아가지 않는다면 길은 두 가지뿐. 토벌군에 투항하든가 '산돼지'가 되는 수밖에.

이미 주사위는 던져져 있었다.

이런 생각을 하고 있는데 박이 진물이 흐르는 발을 내보이며 푸념 섞인 말을 쏟아냈다.

"이 동무, 난 거림골에 들어 뛰게 되는 날이면 죽게 돼. 참 억울해……."

옆에 있던 한도 뜻밖의 말을 뇌까렸다.

"이 동무, 남부군도 종착역에 다 왔구먼."

"그래, 후평서 내려올 때만 해도 기세가 하늘을 찔렀지. 그 시절 동무들은 거의 죽고 없어."

박과 한은 이런 말을 주고받고 있었다.

진퇴양난이란 이런 경우를 두고 난 말일까.

오랜 궁리 끝에 셋은 거짓보고를 하기로 말을 맞추고는 슬금슬금 고운동을 찾아 갔다. 그런데 편대가 있던 자리에는 위험신호도 포인트 표지도 눈에 띄지 않았다.

"어찌된 일일까?"

세 사람은 그 자리에 앉아 담배 한 대씩을 피우며 그들이 갔던 능선으로 되돌아가기로 했다. 실은 이틀 전에 군작전이 끝나 문춘 이하 11명은 거림골로 돌아갔던 것이다.

그들 3인의 수색조는 영문 모른 채 산허리를 걷고 있었다. 그때

저쪽 능선의 솔밭에서 뿌연 연기가 뭉게뭉게 피어오르고 있었다. 이상타 여겨 슬금슬금 다가가 보니, 웬걸 대대 병력은 됨직한 토벌군이 웅성거리고 있었다.

불시에 그들을 보자 크게 외치는 소리가 들렸다. 셋은 기겁을 하고 남부릉 쪽으로 뛰기 시작했다. 그 셋 중 이태가 맨 뒤에서 달리고 있었다. 그는 뛰면서 퍼뜩 떠오른 생각이 있었다. 앞서 달리는 둘과 거리를 두고 산죽이 우거진 바른쪽 사면으로 비켜가면 토벌대는 앞선 두 사람에게 시선을 돌릴 것이니 위기를 피하는 데 유리할 것 같았다.

이 같은 생각으로 그는 산죽이 깔린 벼랑으로 뛰어들었다. 그새 총성이 울리며 군화 소리가 들이닥쳤다.

"저기 산돼지가 뛴다!"

고래고래 소리를 내지르면서 그의 전방 10여 미터 앞을 토벌대가 줄줄이 달려가는 것이 산죽 사이로 보였다.

얼마 뒤 총성이 먼 산마루에서 메아리져 오고 온 산하는 다시금 고요했다.

그는 두어 시간을 산죽 속에서 숨죽이고 있는데 왁자지껄 떠들면서 능선을 내려가는 토벌군 대열이 끝나기를 기다렸다. 군화 소리가 점점 멀어지고 다시 고요가 깃들었다.

한숨을 크게 내쉬고 있으려니 곧 땅거미가 지고, 그는 산죽밭을 나와 셋이 숨었던 오목지를 찾아 산등성을 타올랐다.

이젠 두 사람마저 가고 혼자가 되어 있었다. 생각은 천 갈래 만 갈래로 얽히었으나, 일단 억새를 쓰러뜨리고 그 자리에 누워 잠을 청했다. 밤하늘에 바둑판처럼 널린 별이 눈부셨다.

이튿날 먼동이 틀 때 그는 눈을 떴다. 춘삼월이 되어도 지리산의 밤은 추웠지만 주변에서 긁어모은 낙엽 속에 깊이 파묻혀 곤한 잠을 이룰 수 있었다.

그는 바랑에서 쌀 한 줌을 꺼내 입안에 넣고 침에 다 녹을 때까지 오물오물 씹어 삼켰다. 그리고 양지쪽에 나가 이런저런 생각으로 하루해를 보냈다.

아뿔싸! 아무리 생각을 굴려 봐도 자신은 이미 빨치산이 아니요, 한낱 산중 고아일 뿐이었다.

그가 늘 의혹에 잠기던 말이 있는데, '정의가 반드시 승리한다'이다. 그런데 이 말은 새빨간 거짓말이었다.

그동안 그는 수없는 살육을 보아왔다. 그러면서도 인간은 스스로를 '만물의 영장'이라고 자처하고 있는 것이다.

이런 생각을 하면서 그는 두 해 동안이나 거울을 못 보았다는 생각에 갑자기 거울에 비친 제 얼굴이 보고 싶었다. 험상궂은 자신의 자화상이 보고 싶은 것이다.

그는 절룩거리는 두 다리로 논두렁길을 내려서며 멀리 지리산 연봉을 뒤돌아보았다. 백설을 인 지리산은 위엄을 지닌 신불神佛처럼 아슴푸레 빛나고 있었다.

그는 어슬렁어슬렁 논둑길을 걸어 내리자 신작로 가에 벽돌집 창고가 서 있고, 그 창고와 마을을 흐르는 시냇물 가까이 이르렀을 때, 창고 안에서 제복을 입은 전경들이 쏟아져 나오는 것이 보였다.

그는 반사적으로 논두렁에 몸을 숨겼다.

"손 들엇!"

고개를 들자 그의 둘레에는 카키색 제복들이 삥 둘러 있고 창끝처럼 총구를 겨누고 있었다.

그는 엠원을 논바닥에 버리면서 두 손을 쳐들었다. 제 목숨을 지켜준 총을 버리고 빈껍데기 신앙마저 버린 것이다.

일순간 그의 손에 수갑이 채워지고 짐승처럼 질질 끌려갔다. 그가 절룩이는 발걸음을 떼어 놓을 때 구둣발이 옆구리에 와 닿으며 논바닥에 나뒹굴었다.

"너 4지대 놈이지?"

그가 일어나려는 순간, 몇 개의 개머리판이 엉덩이를 내리치고, 한 병사가 무선으로 보고하는 소리가 어렴풋이 귀를 후볐다.

하얀 눈 위에 망울지는 핏방울을 보며 마음속으로 외쳐 본다.

"어머니……."

몽매에도 그리던 자유, 그리고 어머니는 그의 가슴속에 아른거릴 뿐이었다.

리어카 시인

유네스코에서 선정한 가장 아름다운 한국말은 '인연'이라고 한다. 그런데 이태와 김영의 인연은 고래 심줄만큼이나 질겼다.

지금부터 반세기 전으로 시계 방향을 돌려보자.

어느 날 아무 소식도 없이 옥천동 낡은 초가집에 김영이 들어섰다. 서먹하게 들어서는 아들을 어머니는 멍히 쳐다보고 있었다. 뭔가 헛것을 본 것이 아닌가 싶어서였다. 깎인 머리에 허름한 작업복을 걸친 그가 너부죽이 절을 했다.

"어머니, 제가 왔습니다."

"그래, 늬가 오는 날도 있구나!"

그날부터 일흔의 노모와 벽 속에 갇혀 15년을 견뎌온 아들의 랑

데부가 시작된 것이다.

어둡던 우리 안에서 그리던 어머니와 고향 땅도 막상 밟고 보니 낮선 땅처럼 느껴졌다. 빛이 바랜 고향이요, 고향에 간다면 땅을 일구고 어머니를 편히 모시리라는 생각도 허물어지는 것 같았다. 땅 한 평 갖지 않은 그가 농사를 지으려면 얼마큼의 자본과 건강이 뒤따라야 한다. 그 어느 것 하나 갖춘 현실이 아니었다.

지난 1952년 초봄, 눈 덮인 지리산 백무골에 김영은 중병으로 대열에서 낙오된 후 소식은 끊겨 있었다. 10년이 지난 어느 날 이태는 『신동아』에 실린 그의 옥중수기 「벽과 인간」을 보고 당장 만나보고 싶었으나 그때의 정세나 사정이 허락지 않았다. 이 같은 이유로 다시 10여 년의 세월이 흘렀다.

1977년 여름이었다. 벼르고 벼른 끝에 이태는 순창읍 옥천동 그의 집을 찾았다. 한낮이었다. 초가집 문짝을 열며 얼굴을 내민 그는 이태를 알아보고 나서 당황한 듯 앞뒤를 살피며 불안한 표정을 지었다. 그의 뒤를 밟은 사람이 없는 것을 확인한 후에야 김영은 밝게 웃으며 말문을 열었다.

"신문에서 가끔 형님 이름을 봤지만 야당을 한다 해서 긴가민가 했죠."

"그렇겠지. 하지만 어떻게 독재정권에 빌붙을 수야 있겠나. 자넨 어찌 지내나?"

"출소 후 농사를 지으려 해도 자본이 없고 취직은 했지만 감시의 눈 때문에 쫓겨나고 말았죠.”

그는 어이없다는 듯이 허허 웃었다.

“시골서는 살기 어려울 거야. 서울로 올라오는 것이 어떨까?”

두 사람은 간단한 인사치레를 마치고 이태는 곧 그의 집을 나왔다.

그해 김영은 집시 기질을 지닌 한 여성과 사랑에 빠졌으나, 그녀의 타고난 성품을 고칠 수 없어 곧 헤어지고 결벽증이 있는 열네 살 처녀와 결혼했다.

다행히 그해 초봄 순창고교 외국어(영어, 불어) 강사로 채용되고 교지 『죽순』의 편집을 맡게 되었다. 그러나 그에게는 늘 감시의 눈이 따라 다녔다. 그는 교직에 더는 설 수 없게 되었다.

생활이 막막해진 그는 남의 땅을 빌어 비닐하우스 재배를 시작했다. 일종의 유토피아적 농원 ‘푸른 농장’ 건설을 꿈꾸면서 10여 년 동안 전력을 다했으나 여기서도 실패를 맛보았다. 보다 못한 아내는 서울로 식모살이 가고 농장에서 땀 흘려 일하던 젊은 남녀들도 모두 도시로 일자리를 찾아 갔다. 이제 남은 것은 집과 자재들뿐, 그는 이것들을 처분하여 부채 정리하기에 바빴다.

그는 흙과 이별하고 서울행을 서둘렀다. 초등학교 다니는 아들 둘을 데리고 그는 이태를 찾았다.

그 시절엔 이태도 원고를 파는 것이 고작인 필경 노동자였다. 그들은 30원짜리 빵 하나씩을 사먹으며 이런저런 이야기를 나누었다.

이태는 백무골의 환자들 속에 김영을 두고 떠났던 일이 문득 생각나 그때의 정황을 캐물었다.

토벌군의 제4차 공세가 시작되던 때다.

김영은 그때 고열과 설사에 시달리며 팔다리는 송곳으로 쑤시듯 심한 동통에 시달렸었다. 꼬박 이틀을 굶은 상태에서 부대는 백무골의 눈덩이 속 골짜기로 숨어들었다. 그곳에서 전 대원은 30명 안팎의 소부대로 재편됐었다. 전멸한 초대, 대대, 연대도 있었고, 두서넛 대원만 남은 대대도 있었다. 그들이 가진 곡식 모두를 한 솥에 털어 넣어 묽디 묽은 죽 반 그릇씩이 각자에게 돌아갔다.

그때 92사 정치위원이 김영을 찾아 왔다.

"동무는 고통이 심한 모양인데 어카갔소?"

그는 담요를 젖힌 후 김영의 이마를 만지며 넌지시 물었다.

"정치위원 동무, 죄송해요. 발가락이 망가져 보행이 어려워요……."

그는 난감한 표정을 지었다.

"……하여튼 사령부에 가보갓시다."

비상시 중환자는 자결하든가 처단하는 것이 불문율로 되어 있었다.

부대의 낙오자 수는 4명이었다. 이 문제를 놓고 군막 속에서는 첨예한 의견 충돌이 벌어지고 있었다. 간부회의에 참석한 정치위원이 밝은 얼굴로 돌아왔다.

"동무, 다행이오. 저기 세 동무가 오니 그들과 행동을 같이 하기오. 공세가 뜸해지면 선을 댈 터이니 잘 있기오. 총은 가져 가갔소"

본대가 떠나자 그의 두 눈에서는 뜨거운 것이 흘러 내렸다. 참담한 현실과 곧 닥칠 시간이 절망을 손짓했기 때문이다.

부대가 사라지고 있을 때 한 그림자가 김영에게 다가왔다.

"영, 어찌된 거야?"

독수리병단에서 고락을 같이하고, 환자 트에서 퇴원한 후 같이 남부군에 파송됐던 이태 동무가 아닌가. 기자 출신인 그는 이론적으로 간부들과 자주 충돌을 빚기도 했었다.

"형님, 전 도저히 걸을 수가 없어요"

그는 덥석 손을 잡았다.

"영, 꼭 살아남아야 해!"

그는 힘없이 손을 놓으며 대열을 따라 갔다. 사실 눈구덩 속에 남은 환자나 군경의 거미줄 같은 수색망을 돌파하려는 본대나 비장한 심정은 다를 바가 없었다.

네 환자들은 총을 회수 당했지만, 팔로군 출신의 중대장 황모는 수류탄 두 개를 옆구리에 차고 있었다.

"동무들, 우리는 여기 남아 있지만 3~4일 후에 접선하기로 돼 있으니 기다리자오. 접선 장소는 저쪽 숯굴자리오"

밤이 되자 네 환자는 그곳으로 가서 자고 낮에는 그 주변 은신처에서 숨어 있었다. 네 환자 모두가 앉은뱅이처럼 엉금엉금 눈구덩을 기어 다녔으니 굼벵이 몸짓이나 진배없었다. 네 환자들은 이런 알궂은 모양으로 기어 다니며 이곳저곳 마른 풀 속을 헤쳐보고, 부대의 취사장이 있었던 개울가로 가 보았다. 곡식 한 톨이라도 눈에 띨까 해서였다. 창자가 비니 마음도 허전해져 산 귀신이나 다름없었다.

사흘이 지나도 온다던 소식은 감감했다. 네 환자 중 나이 어린 환자 하나는 열 개 발가락이 몽땅 얼어 앉은뱅이가 되어 있었다. 마른 억새를 흔드는 바람소리만 나도 숯굴자리를 응시하였다. 환자 넷은 눈을 주전자에 끓여 마시면서, 그러기를 골백번 되풀이해도 선요원은 나타나지 않았다.

김영은 흰 바위에 기대어 백주의 환상을 더듬고 있었다. 무시로 어머니도 떠오르고 고향의 초가지붕도 눈에 어리다 금세 사라졌다. 저쪽 숯굴자리에 레포가 나타났다 사라지기도 하였다.

그로부터 15년의 세월이 흘렀다.

김영은 고향의 고교 강사직을 맡게 되는데 석 달 만에 물러나 실의에 빠져 있을 때, 애육원이라는 단체에서 찾아와 번역 일을 맡아 달라는 제의를 해왔다. 허나 이 일감마저도 감시의 눈이 다녀간 후 끊기고 말았다. 그 후 비닐하우스 경영에도 실패한 그가 서울행을 결심, 이태를 찾았다.

이태는 그의 처지를 돕고자 그의 시와 산문 원고를 들고 알 만한 출판사를 찾아다녔으나 내용을 훑어보고는 "시국이 이래서……." 하며 더 이상 거들떠보려 하지 않았다. 때가 유신치하요, 이익을 추구하는 출판사가 무명시인의 원고를 달가워할 리 없었다.

두 사람은 마주보며 쓴웃음을 지을 뿐, 그런 일이 있고서 김영은 소식을 끊어 버렸다.

수개월이 지난 어느 날 전화가 걸려 왔다.

"형님, 소식 못 드렸어요. 요즘은 영등포 시장에서 리어카를 끌고 있어요."

1978년 봄, 그는 무일푼의 몸으로 영등포 도림2동에 자리 잡은 후, 리어카를 끌며 고물, 풀빵, 과일행상을 하고 있었다.

이 소식을 들은 이태는 그곳 시장을 찾아 이곳저곳을 헤맸으나 그를 찾을 수 없었다. 이렇게 다시 10년이 흘렀다.

그동안 김영은 리어카 행상도 이골이 났던지 삼풍시장에 과일 노점을 차렸다. 그는 좀 안정을 찾자 노점 한쪽 구석에 사과 궤짝을 놓고 틈나는 대로 글을 쓰기도 하였다.

1988년 여름, 이태는 자신의 빨치산 수기 『남부군』을 펴낼 기회를 얻었다. 매우 용기가 필요한 일이었지만, 초로의 나이에 더 이상 안위만을 위해 머뭇거릴 시간이 없다고 생각했다. 이 수기에서 그는 김영과 얽힌 이야기를 쓸 때, 그의 본명 대신 '김영'이라는 가명을 썼다. 혹시 그가 입을지도 모르는 불이익을 고려한 배려 때문이었다. 이것이 신호가 되어 얼마 후 김영으로부터 전화가 걸려왔다.

"형님 죄송합니다. 그간 일부러 연락을 끊어 왔으나 이젠 그럴
필요도 없게 됐지요."

"이봐, 우리가 침묵을 깨는 데 40년이라는 세월이 흘렀어. 그래,
지금은 어찌 지내고 있나?"

"리어카를 끌고 있지만 시는 쓰고 있습니다. 당장 달려가고 싶지
만 전 버스를 못 탑니다. 형님이 좀……."

전선을 타고 들리는 음성은 촉촉이 젖은 목소리였다. 이태는 영
등포 삼풍시장 골목을 물어물어 그의 천막가게를 찾아 갔다. 언뜻
나이보다 겉늙어 보이는 초로의 과일장수가 겸연쩍은 웃음으로 이
태를 맞았다.

"겨우 리어카를 면하고 이 가게를 마련했지요. 그럭저럭 끼니를
잇고 있지만……."

그는 가게에 진열된 복숭아 등 과일을 가리키며 씁쓸히 웃었다.

"여전히 시를 쓰고 있었군?"

"그럼요. 시도 쓰고 가끔 산문도 쓰고 있습니다. 저기 사과 궤짝
이 제 책상입니다."

이태는 마음이 놓였다. 계속 시를 쓰고 있는 동안 그는 살아 있
는 것이다.

"형님 오시라 해서 죄송합니다. 형무소 독방시절 때 얻은 '폐쇄공
포증' 때문에 버스를 못 타요. 눈도 침침해서 글씨가 잘 안 보여

요……."

김영의 말년을 괴롭혔던 녹내장이 이때부터 진행되고 있었다.

"하지만 용기를 내야지. 자네 시집을 내세. 이젠 낼 수 있어. 우리가 살아온 흔적을 남겨야지."

이태의 『남부군』이 크게 반향을 일으켜 영화로 찍혀 나오자 거기 나오는 시인 '김영'의 이름도 세상에 알려졌다. 무섭고도 얄미운 인심이다. 이제껏 거들떠보려고도 안 했던 출판사들이 앞 다투어 그의 천막가게를 찾았다.

그의 첫 시집 『깃발 없이 가자』에 이어 『별난 사람 리어카 시인』을 비롯하여 자전수기 『총과 백합꽃』 등이 잇따라 나와 비로소 그의 꿈이 벙그는 시절을 맞게 되었다.

그는 자신의 삶을 오롯이 불태워가며 집필을 계속했다. 하지만 오랜 동안의 영양실조는 몸의 노쇠를 가져오고 병마를 불러왔다.

어느 날은 김영이 이런 말을 털어 놓았다.

"요즘은 소설이 쓰고 싶어져요. '시인은 어디로 갔는가' 이런 제목으로 말입니다."

하지만 그는 소설을 쓸 수 없었다. 그의 지병이던 녹내장이 급속히 도져 거의 시력을 잃은 상태였다. 확대경을 대고 보아도 흐릿해 판독이 어려웠다. 위장병, 심장병 등 그간 자신을 괴롭혀 오던 지병들이 악화되고 있었다. 그래도 그는 신들린 사람처럼 시를 썼다. 딸과 아들에게 구술로 대필을 시키면서 시작을 이어갔다. 그 무렵부터 그는 사람 만나는 것을 기피했다. 무서운 감방의 벽이 가져다 준 폐쇄공포에 자폐증까지 겹친 것이다. 단 한 사람, 이태와의 전화 통화는 이어지고 있었다.

"쓴다던 소설은 어찌 되었나?"

"잘 써지지가 않아요. 시는 되지만 산문은 힘이 들어요. 그래도 꼭 쓰고 말거요."

소설에 대한 그의 집념은 강렬했으나, 진전은 잘 되지 않았다.

그동안 세상이 바뀌고, 이태의 <남부군>에 대한 독자의 관심이 옅어지면서 김영에 대한 출판사의 관심도 식어갔다.

김영은 실의에 빠지게 되었지만, 그의 집념만은 꺾이지 않았다. 그는 언제 햇빛을 볼지 모르는 원고를 쓰고 있었다. 그런 작품 중 하나가 그의 유고소설 『배추의 꿈』이다.

이 소설의 줄거리는 유토피아적 사회주의 농장소설로서 실의에 빠진 지식인이 비닐하우스를 경영하는데, 여기서 일하는 젊은 남녀 서너 사람이 이에 참여하지만 결국은 사업에 실패하여 파산에 이른다는 비극적인 주제를 담고 있었다.

해방의 격동시대를 통곡으로 살다가 65세를 일기로 김영은 갔다. 그는 숨을 거두기 전 가슴을 쥐어뜯으며 "살고 싶다. 내가 할 일이 남아 있다……"고 외쳤다.

그의 부음을 받고 이태가 E시의 허름한 병원 영안실을 찾아 그의 시안을 마주했을 때 시인은 자는 듯이 편안해 보였다.

동북아의 길

마리아가 서울의 S지에 등단한 것은 오십을 갓 넘은 늦깎이 출발이었다. 파란만장한 삶을 살면서 문학의 꿈을 키우던 때다.

그녀는 서울에 갔을 때 광화문의 서점에 들렀다. 시집 코너에 즐비하게 꽂힌 책 가운데 『별난 사람 리어카 시인』이란 표제에 이끌려, 그 책머리에 실린 이태의 '발문'을 읽고 적이 놀랐다. 그녀는 이태의 『남부군』이란 빨치산 수기를 읽은 적이 있었기 때문이다.

그 글을 통해 김영이 빨치산의 경력을 가진 것과 순창 출신이라는 것을 알고 새삼 놀랐다. 그녀는 김영의 첫 시집 『깃발 없이 가자』 등 몇 권의 시집을 사들고 서울역으로 향했다.

김영 시인의 시집과 수기를 읽은 마리아는 6·25 전쟁의 상흔이 얼마나 컸던가, 가슴이 뭉클했다.

마리아의 시에 대한 생각도 바뀌고, 일제 강점기 시를 썼던 한용운, 이육사, 심훈, 윤동주 등 민족 시인들에 대한 관심도 많이 달라졌다.

그즘 서울의 S문학사에서 윤동주 문학기행 행사에 참가하라는 통지가 날아왔다. 희망자 10여 명에 한해 선착순으로 정한다는 것이었다. 마리아는 곧 참가의사를 통고하였다.

예정된 날 S문학팀 10여 명이 아시아나 항공에 올라 창춘長春에 내린 것은 10시 30분, 인천공항을 이륙한 지 두 시간 만이었다. 이곳은 전에 군항이던 것이 민항으로 바뀌었다. 한국과는 1시간의 시차가 있어 공항에 내리자 시침을 한 시간 뒤로 돌렸다. 공항 밖으로 나오기까지 절차는 꽤 까다로웠다. 공항 게이트를 나와 10여 분 기다리는 동안 전춘봉 주임기자가 12인승차를 몰고 그들 일행을 마중 나왔다.

그는 길림 조선문보사 대외연락부장의 직책을 가지면서 주임기자도 겸하고 있었다. 한국으로 치면 편집국장에 해당한다. 'S문학사'가 이 신문사와 자매결연하여 그곳의 행사에 초대를 받은 것이었다. 행선지 옌지延吉까지의 거리가 궁금했던지 A시인이 전 주임에게 물었다.

"좀 가면 됩니다."

"좀이라면 두서너 시간쯤……"

"아니, 좀 더요."

그 바람에 모두들 눈이 동그래졌다.

중국에서는 좀이라면 두서너 시간, 좀 더 하면 예닐곱 시간이 걸린다.

전주임의 그 말을 듣고 마리아는 비로소 대륙에 두 발을 들여 놓았다는 것을 실감했다. 시속 80킬로로 달리는 차창 가로는 코스모스가 나부껴 이국정취를 만끽할 수 있었다. 가도 가도 이어지는 수수밭. 멀리 들녘 가로는 농가들에 눈이 가 닿는데, 비슷비슷한 상자 모양의 집들이, 지붕은 붉은색 일색이어서 단조롭기 그지없었다. 목가적인 정서를 이곳에서는 찾기 어려웠다.

가도 가도 끝없이 펼쳐진 수수밭과 신작로 가로 늘어선 포플러 길은 일제가 만든 길이라는데, 이는 부산서 신의주에 이르는 조선의 철도와 더불어 대륙 침략을 위해 이 길을 닦은 것이다.

포플러가 늘어선 길은 하도 무성해 긴 터널을 달리는 것 같았다. 이렇게 서너 시간을 달린 후 일행은 경령慶岭이라는 곳에서 내려 한 식당에 들렀다. 이 식당에서의 점심은 잉어찜과 고량주가 일행의 허기와 여수를 달래 주었다.

이색적인 점심을 먹고 분위기가 익숙해지자 A시인은 전 주임에게 질문을 던졌다.

"여기 오는 동안 야산에 분묘가 눈에 띄지 않으니 무슨 까닭인가요?"

"중국은 지난 80년의 문화혁명 후 새로운 화장법을 만들어 종래의 토장문화를 청산했어요."

여기에는 중국 지도자들의 솔선수범이 뒤따랐기 때문에 성공할 수 있었다고 부연 설명을 했다. 1976년에 세상을 뜬 저우언라이周恩來는 '추도식은 간소하게, 몸은 화장해 산하에 뿌려 달라'는 유언을 남겼다고 한다. 덩샤오핑鄧小平이 항공기를 타고 그의 유골을 뿌린 이듬해 자신도 저우언라이의 뒤를 이었다.

"내 유해는 바다에 뿌려다고."

요즘에는 수목장을 하는 모임도 생겨나고 있는데, 영국에선 유골 위에 장미를 심는 장미묘원이 인기라고 한다.

일행은 지린吉林성 안투安圖에 이르는 동안 두 차례 화장실 용무로 차에서 내렸다. 그런데 칸막이도 없고 앞문도 없는 화장실에 놀랐다. 여기에는 재미나는 일화가 있다.

90년대 초반까지 베이징北京 시내에 나갈 때면 꼭 '북경만두'를 사야 했다는데, 이는 그 악명 높은 공중화장실을 갈 때 포장지가 필요했기 때문. 지금은 베이징 등 대도시는 현대식으로 화장실이 개조되어 나그네에게는 다행이다. 유럽의 도시는 도리어 베이징의 화장실이 그리워진다는 데, 그것은 유료로 파리의 경우, 1유로라 하니 한화 1250원인 셈.

2008 올림픽 준비에 한창인 베이징은 공중화장실 뿐 아니라 청나라 때의 'ㅁ'자 모양의 사합원四合院이 즐비한 뒷골목 '후둥胡同'까

지 헐고 현대식 건물을 짓기에 안간힘을 쓰고 있었다.

그들이 안투현 대로변을 지날 때 눈길을 끈 것은, '당발해국조공
도唐渤海國朝貢道'라는 비석이었다. 이곳은 지린성 옌지에서 백두산으
로 가는 길목으로, 발해가 당나라에 조공을 바치러 다니던 길이라
는 표지석이다.

일행은 옌지에서 하룻밤 투숙하기 위해 N호텔에 들어 여장을 풀
었다. 창밖으로는 해란강이 바라보였다. 밤에는 전깃불 탓인지 화려
하게 보이던 것이 새벽에는 흙탕물이 흐르고 있었다.

그들이 머문 옌볜은 조선족 자치주로 전체 인구 중 40%가 조선
족이다. 그들이 용정길에 오를 때는 길림일보의 김영자 부사장이
동행하고 길안내를 맡아 주었다.

"윤동주 시인의 생가까지는 얼마쯤 가야 합니까?"

일송정 가던 도중에 R시인이 묻자 그녀는 오른쪽 산등성이를 가
리키면서 말했다.

"저기 보이는 저 이십 리 길이 세전이벌인데 조선족이 그곳에 처
음 만주과원을 개척했댔소"

거기서 얼마를 달려 허룽을 지나자 김 부사장은 '일송정'을 가리
키며 비석이 서 있는 언덕에 차를 멈추게 했다.

일동은 '일송정' 비석이 선 계단 앞에 서서 기념사진을 찍은 후
산길을 따라 산마루까지 걸어 올랐다. 산마루에 올라서자 사방이

확 트이고 광활한 들녘으로는 해란 강이 일송정 산마루를 휘돌아 뱀꼬리처럼 흘러내리고 있었다. 이곳에서 다시금 한참을 달려 조선족이 맨 처음 터를 잡았다는 '용두레우물터'를 찾았다.

윤동주 시인의 생가 입구에는 '윤동주생가'라는 돌비석이 서있고, 그 둘레에 서서 기념촬영을 한 후 생가에 들어서자 그들을 반기는 듯 코스모스가 고갯짓을 하고 있었다. 마당에 들어서니 조선족 소녀가 그들을 맞아 꽃밭 속의 한 곳을 가리키며 말했다.

"이 비석의 머리 부분이 파손된 것은 문화대혁명 때 중국의 젊은 이들이 깨부순 것을 땅 속에 묻어 두었다가 다시 원상으로 돌려놓은 것입니다. 또 저기 철근으로 된 조형물은 일제놈들이 조선의 독립운동가 30여 명을 학살했던 장소입니다."

앞마당 우물과 마주한 방 한 칸 그의 초상화 영전에 한 움큼씩 뜯어간 야생화를 헌화하고 A시인이 "묵념." 하자 일동은 고개를 숙였다.

'한 점 부끄럼 없이 살리라'던 윤동주 시인!

1948년 1월 유고 30편에 정지용 시인의 서문을 얹은 시집『하늘과 바람과 별과 시』가 정음사에서 출간되었을 때의 충격과 감동, 그것이 짜릿하게 가슴을 파고드는 순간이었다.

일동은 다시 밖으로 나와 마당가에 있는 우물가로 삥 둘러섰다. 이때 S문학지 A시인은 윤동주 생가 방문을 위해 준비해 온 백자 항아리를 윤동주 기념회 측에 건네자 박수가 터져 나왔다.

"아시는 바와 같이 윤동주 시인은 일제의 암흑에도 민족혼을 지
켜낸 겨레의 별입니다. 지금부터 순절의 혼 윤동주에게 바치는 헌
사 「동백꽃」을 낭송하겠습니다.

    冬섣달 소로시 피는 꽃
    빨간 동백꽃

    된서리 몰아오고
    기러기 사위어도

    굽히지 않는 넋인 양
    하냥 손짓하던 꽃

    싱그러운 아침에 피었구나
    빨간 동백꽃

"여러분, 저는 이 시를 윤동주의 제단에 기꺼이 바칩니다. 우리는
한 사람의 시인 윤동주를 가졌기에 부끄럽지 않은 겨레일 수 있습
니다. 조선의 혼불 타던 밤, 죽음을 예감한 듯이 칼날 같은 시를 써
놓고 일제의 독침에 찔려 꽃잎처럼 져간 윤동주. 그는 후쿠오카의
감옥에서 갖은 고문에 시달리며 끝내는 간악한 생체실험의 희생자
가 되어 갔지만, 그는 죽어서 민족의 시인으로 부활했습니다. 그는
후쿠오카의 어두운 감방에서 운명할 때 '아⋯⋯' 하는 외마디 소리
를 남기고 갔습니다. 그 외마디 소리에는 조선 천지 모든 억눌린 것

들의 외침이며, 아픔이며, 가슴 속에 숨어 있는 말 못할 것들이 한데 엉켜 터져 나오는 그 절규 이외의 무엇이겠습니까?

그는 비록 스물아홉의 꽃다운 나이에 지고 말았지만, 그의 시혼은 해방된 조국 하늘에 샛별처럼 떠올라 이 겨레의 가슴속에 길이 살아남을 것입니다.”

우물가에서 헌시 증정이 있고나서 기념회 측에서 내온 차를 마시며 일동은 즐거운 환담의 시간을 가졌다.

윤동주 생가를 나와 다음으로 예정된 신문사 행사를 위해 그들은 창춘행을 서둘렀다. 이 창춘행에는 김 부사장이 빠진 대신, ‘연변일보’사 전속 장정일 평론가와 연변대 윤윤진 교수, 그리고 수상자 수명이 합승하고 있었다.

길림 조선문보사는 창춘에 본사가 있고 옌지에 지사가 있는데, 김 부사장은 옌지 지사 근무였으므로 그곳에 남고 옌지에서 근무하는 장, 윤 교수가 일행과 창춘길에 오른 것이다. 그들이 탄 버스가 창춘에 이르기까지 장, 윤 교수와의 담소는 지루함을 잊는 유익한 시간이었다.

윤윤진 교수는 서울에 갔던 이야기를 흥겹게 들려주었다.

“제가 몇 해 전 서울에 간 것은 참 행운이었어요. 그때 교환교수로 가서 두 달 가량 체류 중이었는데 G출판사로부터 중국어 번역 청을 받았었죠. 빡빡한 일정이었지만, 밤잠을 이겨내고 해낸 것이

보람을 가져올 줄이야. 그때 받은 번역료로 중국으로 돌아와 아파트 한 채를 구입했으니 행운이었어요.”

“행운이고말고. 우리가 아파트 하나 마련하려면 10년 이상을 저축해야 하는 데 용꿈 꾼 거죠.”

옆자리에 앉아 있던 장정일 교수가 시샘 섞인 말로 받았다.

일행이 대화반점에 이른 것은 8시 30분 쯤. 이 호텔 3층 특별실에는 진직 남영전 사장을 비롯하여 흑룡강 신문사의 임국웅 시인들이 그들을 기다리고 있었다. 전 주임의 소개로 A시인은 남 사장과 첫인사를 나누며 명함을 주고받았다.

“남 사장님 뵈오니 반갑습니다.”

“원로에 고단하시겠습니다.”

남 사장은 시인으로서도 중국에 널리 알려져 있으며, 신문사 사장 외에 세계시인대회 종신회원 등 굵직한 직책을 겸하고 있었다.

임국웅 시인은 A시인의 명함을 받자 자기는 명함을 방에 두고 왔다고 했다. 악수를 나눌 때, 맥주가 나오고 회전대에는 각종 안주가 빙빙 돌고 있었다. 빈 잔에 맥주 한 컵씩이 채워지자 남사장의 인사말씀이 있었다.

“서울서 오신 A시인을 비롯한 여러분과 상하이에서 오신 임시인도 환영합니다. 이 우정의 만남을 위해 다 같이 브라보!”

모두는 반기는 얼굴로 맥주잔을 부딪치며 넘치는 기분을 쏟아내고 있었다.

이튿날 시상식이 열린 곳은 신문사 5층에 마련된 회의실로 축하객이 가득 자리를 메우고 있었다.

전 주임의 사회에 이어 S문학사 팀으로 간 E시인의 시낭송으로 테이프를 끊었다. 처음 윤동주의 「서시」 낭송이 있었다.

죽는 날까지 하늘을 우러러
한 점 부끄럼이 없기를,
잎새에 이는 바람에도
나는 괴로워했다.
별을 노래하는 마음으로
모든 죽어가는 것을 사랑해야지
그리고 나한테 주어진 길을
걸어가야겠다

오늘밤에도 별이 바람에 스치운다.

우레 같은 박수소리가 잦아들기를 기다린 후 이번에는 A시인의 통일을 염원하는 시 「하나의 소망」을 낭송했다.

우리는 한 몸 되자꾸나
백두산 쑥잎 뜯고
동방의 빛 찾은 길손이어늘

눈과 눈은 눈 기리며
손과 손은 손 내밀어

어둠 떠다밀고 일어서는 새 아침

꽃봉오리 웃는 산하
저 하늘 뭇 새들도
그날의 기쁨 춤추고 노래하리

침묵하던 바다
한라산 발굽 휘돌아
넘노는 푸른 물결 출렁이리니

우리는 한 몸 되자
우리는 한 마음 되자꾸나

백두에서 한라까지
하나의 소망으로만
굽이쳐 달리는 한 핏줄이 아니냐

　연이은 박수에 이어 마리아 시인의 낭송이 있고 영예의 수상자들에 대한 상패 및 상금 수여와 몇몇 명사의 축사 끝에 남영전 사장의 시상식 보고가 있었다.
　길림조선문보사는 그동안 재정적 사정으로 일시 중단되었다가 서울의 S문학지와 자매결연하고 시상식이 부활됐던 것이다.
　다음 날은 레스토랑에서 아침 식사 후 중국의 마지막 '부의황제傅儀皇帝'의 역사 기행에 나섰다.

이날의 가이드는 사회경제부 장춘용 기자가 맡아 주었다. 그녀는 신문사 입사 전 관광회사에 근무했던 탓인지 비운의 생을 마친 황제의 기념관을 돌면서 자상한 설명과 해설을 해 주었다.

일행의 출발에 앞서서는 신문사의 사회교육부 신정자 기자가 전화를 걸어 A시인에게 인터뷰 신청을 해왔다.

"중국서의 인상은?"

"이제 막 용틀임을 하고 날갯짓을 한다는 생각이 들었어요. 북간도를 다녀오면서 보니 중국은 토장문화를 완전히 청산했더군요. 그건 지도자의 공이 크다고 봐요."

"3박 4일 동안 불편했던 일은 없었나요?"

"지린성 안투에 이르는 동안 두 차례 화장실을 갔는데 칸막이도 앞문도 없는 화장실에 놀랐어요."

"중국의 악명 높은 공중화장실도 차차 개량돼 여행객들의 찌푸린 이마를 풀어드리고 있어요."

사실 각국의 화장실 문화도 시대와 곳에 따라 다르다. 한국도 조선시대에는 '매화틀'이라는 이동식 화장실이 있었는데, 가마에 오른 왕이나 정승들은 먼 길을 떠날 때 요강 대용으로 사용했었다. 루이 14세의 화려한 베르사이유 궁전은 화장실이 없기로 유명한데, 루이 14세는 26개의 매화틀을 사용했다고 한다.

2008 올림픽 준비에 한창인 베이징은 공중화장실 뿐 아니라 청나라 때의 'ㅁ'자 모양의 사합원四合院이 즐비한 뒷골목 '후둥胡同'까

지 허물고 현대식 빌딩 짓기에 눈코 뜰 사이 없다고 한다.

"중국의 2008 올림픽에 대한 기대는?"

"물론 아시아국에서 올림픽이 치러진 데 대해 환영입니다만, 한 가지 안투현 대로변에 세워진 비석은 선뜻 이해가 안 갔어요. 그 비는 발해가 당나라에 조공을 바치러 다닌 길이라는 뜻인데, 발해왕들이 당으로부터 '발해국왕'으로 책봉 받고 조공을 바친 것은 맞습니다. 하지만 조공과 지방정권은 수직관계가 아니라 수평관계로 보는 것이 옳아요. 조공은 중국 황제가 주변 국가의 왕을 책봉하고 하사품을 내리는 일종의 동아시아 국제질서였던 것이죠. 좋은 예로 베트남과 일본 등 많은 국가들이 중국에 조공을 바치고 책봉을 받았지만, 중국의 지방정권은 아니었던 거죠."

여기까지 기자의 질의가 이어지다가 지난해 창춘에서 열린 제6회 동계 아시안게임 성화 채화식이 백두산 천지에서 열린 데 대한 이야기로 옮겨 갔다.

"백두산 천지에서의 성화 채화식에 대한 견해는?"

"이 채화식에서 주예징 창춘시장은 이런 말을 했다지요. 이 같은 채화식을 백두산 천지에서 가진 것은 '백두산은 두만강과 압록강, 쑹화강 등 3대 강의 발원지이며 관동문화의 발원이기 때문'이라고 했다니, 이것은 중국이 백두산 천지를 택한 것은 최근 백두산 일대를 대대적으로 개발하고 창바이산 브랜드를 집중적으로 홍보하려는 의도가 아닐까요?"

이 사업을 위해 창바이산의 산림 140 헥타르가 벌목되고 이른바 '백두산 공정'이 진행되고 있었다.

이 사업을 위해 백두산 행정관리원은 이미 옌볜조선족 자치주에서 지린성으로 넘어갔다. 이 때문에 자치주에서는 '민족의 성지인 백두산은 못 내준다'는 서명운동이 벌어지기도 하였다.

인삼, 녹용, 벌꿀 등 백두산에서 나는 산물에도 '창바이산'의 트레이드마크가 붙고 고구려의 옛 수도 지안集安역 명칭도 창바이산 통상구역으로 변신한다는 것이다.

일행은 3박 4일의 일정을 마치고 그날 오전 공항으로 향했다. 비행기에 오른 A시인의 뇌리에 스친 것은, 펄벅이 그린 '대지'의 나라 중국은 이제 잠자는 범이 아니라, 여의주를 입에 문 용이 거센 용틀임을 하고 있다는 인상이었다.

분수령에 서서

초여름의 장맛비가 새벽부터 줄기차게 내리고 있다. 빗줄기는 굵었다 가늘었다를 반복하면서 쉬이 멎을 기미를 보이지 않았다.

이런 짓궂은 날씨에도 처마 밑 둥지를 쳐다보니 제비들은 어느 결에 집을 떠나 어디를 헤매 도는지 사라지고 없다. 온 산하를 날고 하늘을 종횡으로 가르다 이따금씩 한두 놈이 둥지를 찾아오는데, 먹이를 저장해 두려고 오는 것인지도 모른다.

그날은 마리아가 매실을 거두는 날이라 놉 두 사람을 불러놓고 비가 그치기를 기다리는 중이었다. 산골 마을에 품꾼을 얻기 어려워 정한 날이 지나면 일손 찾기가 어렵다. 그래서 그녀는 비가 개기를 초조히 기다리는 것이었다.

여름날은 변덕꾸러기이다. 억수같이 퍼붓던 비가 언제 그랬느냐는 듯이 금세 멎고 검은 구름자락 끝에 고려청자 같은 갈매빛 하늘을 드러내 놓았다. 다행히 그날 두 품꾼을 품앗이로 매실을 거두어 농협 공판장에 넘길 수 있었다.

마을 어귀에 그녀가 천수답을 사들인 것은 남모르는 사연이 있었다. 그녀가 처음 시집 와서 물정 모르고 살 신혼기였다. 마을 앞 논을 상답이라 하는데, 이 상등답은 여느 논보다도 많은 수확을 낸다. 비가 오면 고샅이나 동네 곳곳에 흩어져 있는 개똥, 쇠똥, 돼지똥물이 비에 씻겨 마을 앞 논에 흘러드니 천연의 무공해 비료가 그 논을 기름지게 만든다. 돈을 들여 뿌리는 화학비료와는 견줄 수 없도록 많은 수확을 올렸다.

마리아가 시집오던 해 가을이었던가. 그런 상답에서 벼를 거두어들이자 그녀는 내심 기쁜 마음으로 농사일을 거들었다. 한데 일곱 해 동안 농사를 짓고 나서야 그 논이 남편의 소유가 아니란 것을 알게 되었다. 남의 논에 농사를 지으면서 꼬박 7년을 속고 살아온 것이다.

이런 아픈 사연이 있어 그녀는 마을 모퉁이에 있는 다락논을 사서 매화나무 묘목을 심었다. 3백 평 남짓한 매화나무 과원에는 매실이 열리기 시작한 뒤 수월찮은 수확고를 올렸다.

초가을 들어 한 통의 서신이 날아들었다. 그녀가 등단한 S문학지에서 150호를 기념하는 시낭송회에 참가하라는 통지였다. 그녀는 서울의 낭송회에 참석할 것을 생각하니 마음이 설레었다. 참석자는 각기 낭송시 한 편씩을 준비하라는 것이었다. 그녀는 어떤 시로 할까 한동안 망설이다가 자신의 고독과 슬픈 사연이 담긴 「박꽃」으로 정했다.

한낮이 부시어 밤에만 피는 박꽃은 밤의 표정을 마다 않고 밝게 웃고 있으니, 그 속내를 짐작하기는 쉽지 않다. 하지만 초가지붕에 피어난 그 순결의 혼은 죽음과 같은 검정을 살라 먹고 스스로의 마음을 가누지 못해 한밤 내내 눈을 감지 못하는 모양이다. 애절한 그리움은 아침까지 참고 견디면서 하얀 웃음으로 피었다 시드는 꽃 '박꽃'을 형상화한 시다.

그녀가 오수역으로 나가 무궁화호에 승차할 때까지 이슬비가 내리더니 열차가 터널을 지나 전주역을 지나자 차창에는 굵은 빗방울이 구슬처럼 굴러 내린다. 차창은 빗줄기에 가려 김제평야의 질펀한 여름 풍경을 볼 수 없었다.

열차가 서대전을 지날 때 갓 승차한 젊은 여인은 짐을 시렁에 얹고 옆자리에 앉았다. 그 여인은 앉으면서 마리아가 손에 들고 있던 책 표지를 흘끔 보더니 미소 진 얼굴로 말을 걸어왔다.

"모파상의 『여자의 일생』을 읽고 계시네요. 그 소설 재미있지요?"

마리아는 처음엔 좀 언짢은 생각이 들었으나, 그런 내색 없이 말했다.

"보니 여대생 같은데 어느 학교?"

"E대예요. 잠시 고향에 다녀온 걸요."

"무슨 학과?"

"불문학과예요. 3학년에 오르면서 불문학 강독을 공부하는 데 모파상의 그 소설을 공부하고 있어요."

"그래서 이 책에 관심이 간 모양이네."

때마침 차내 방송에, 커피나 간단한 식사는 앞 칸에 있으니 이용하라는 안내원의 멘트가 있었다.

"학생, 우리 앞 칸으로 가 차 한잔 할까."

"그래요, 아줌마."

학생은 싱글거리면서 그녀를 따라 앞 칸으로 걸어갔다. 그들이 앞 칸에 갔을 때는 빈자리가 남아 있었으나 잠깐 사이에 자리는 만원이었다.

"여기 커피 두 잔에 카페빵 2인분 줘요."

잠시 후 아가씨는 경쾌한 걸음으로 찻잔을 놓고 간다.

"맛있게 드세요."

차창 가에 마주 앉은 두 여인은 마치 또래의 친구처럼 차를 홀쩍이면서 여행의 즐거움을 만끽하고 있었다.

"지금 『여자의 일생』 강독 공부를 한다는 데 재미는 어때요?"

"아줌마, 재미보다도 그 소설은 명작으로 꼽히는 작품이여요. 평소 프랑스 소설을 평가 절하하던 톨스토이가 그 소설을 읽고는 프랑스에 걸작이 나왔다고 격찬했다고 해요. 고독한 소녀시절을 보낸

잔느가 한 남자의 아내가 되고, 동경해 마지않던 결혼에 좌절하여 겪는 인생의 고뇌를 사실적으로 묘파한 점을 높이 샀어요. 고독에 떠는 그녀의 내면을 묘사하면서 사회의 병리를 드러낸 간결한 문체가 여느 작품이 넘볼 수 없는 명작이라고 해요.”

그 불문학도의 이야기를 들으면서 마리아는 왠지 섬뜩한 생각이 들어 입을 꼭 다물고 있었다. 자신이 그 소설을 읽을 때도 그런 생각이 들었지만, 그 학생의 이야기를 듣고 있노라니, 잔느의 운명이 어쩌면 자신의 과거와 닮은 점이 있다는 생각이 들어서였다.

“난 소설을 읽으면서 어쩜 인간의 심리를 그처럼 예리하게 그릴 수 있을까, 작가에 대해 경외의 마음마저 들었는걸.”

둘이 이 소설에 흠뻑 빠져 있을 때 기차는 어언 영등포역에 이르고, 학생은 이곳에서 하차했다. 종착역인 용산역에서 내린 마리아는 혼잡한 역구를 빠져나와 회현동의 오빠 집으로 택시를 몰았다.

그녀는 오빠 집에 들른 날 밤, 고장의 전북도민 문학캠프에 참가했던 기억을 문득 떠올렸다. 그날 행사의 내용도 자세히 모른 채 서둘러 정읍 터미널에서 부안 가는 버스를 타고, 부안서 다시 격포 가는 버스에 올랐다.

그녀는 버스 속에서 많은 생각을 하였다.

‘도대체 무슨 모임이기에 이 더위에 길을 물어물어 가야 하는가?’

고장의 문인 모임에 가는 것이 처음이기에 모든 것이 서툰데다 시간마저 어긋나 격포라는 곳에 내려 다시 택시를 타고 행사장에 이른 것이다. 그녀가 행사장에 이르자 행사는 이미 시작되고, 광주에서 온 R교수가 특강을 하는 중이었다.

'전라도 문학 조감도'라는 강연은 퍽 인상적이었다. 첫날의 행사는 이 강연으로 마치고 곧 방 배정과 반 편성자료를 받아들고 반별 토의시간이 이어졌을 때, 언뜻 여고 때의 문예반 시절이 떠올랐다. 처음 겪는 문학행사여서 학생이 된 기분으로 걸상에 앉아 강의를 듣고 있으니 마음은 설레기만 하였다. 그때의 추억이 너무도 간절하여 그녀는 은근히 대학 진학을 꿈꾸어 왔었다.

그녀의 대학에 대한 꿈은 지난날의 좌절에 대한 마음의 보상이요, 열등의식의 탈출과 같은 최면 요법인지도 몰랐다.

팀장이 그녀와 같은 방을 배정받아 마음의 안정도 얻었다. 운동장에서는 캠프파이어에 삥 둘러 앉아 서로 술잔을 주고받으며 유쾌한 시간을 보냈다. 지정된 방에 돌아와서는 소주 두 병을 앞에 놓고 이런저런 이야기를 듣던 중 그녀는 문학의 길이 결코 평탄하지 않다는 것도 깨달았다. 그녀는 속으로 다짐을 해본다.

'그래, 이 길이 호락호락하지 않다면 새로운 각오로 매진해 가야지. 내 살아온 길이 고행이었으니 이 길 또한 수월하지만은 않겠지.' 이런 생각이 미치자 그녀는 가슴속에 숨어 있는 도전정신이 살아나는 것을 의식했다. 그러면서 스스로를 달래고 있었다.

이 같은 생각을 다진 1박 2일의 시간은 그녀에게 충격의 시간이

기도 하였다. 남의 작품을 가벼이 여기면서 자만에 빠지는 일이 얼마나 어리석은 짓인가도 깨달았다.

　남산에 있는 '문학의 집'에는 S지 출신의 문인들이 꾸역꾸역 몰려들고 있었다. 10시 직전 이곳에 당도한 마리아는 A시인을 알아보고 반색했다. 중국 문학기행 이후 처음 만남이라 반가웠다. 그녀가 고개를 숙이며 다가오자 손을 이끌어 사회자석으로 안내했다. A시인은 마이크 앞에 선 사회자에게 그녀를 소개한 후 낭송시를 접수하라고 일렀다. 이날의 사회는 낭송가 J시인이 맡고 있었다. 사회자에게 원고를 넘긴 마리아는 뒤쪽 빈자리에 가서 앉았다.

　"지금부터 S지 150호 발간을 기념하는 행사를 진행하겠습니다. 작품을 내시지 않은 분은 속히 사회석에 제출해 주십시오."

　사회자의 독촉에 몇몇 회원이 낭송시를 사회석에 놓고 자리로 돌아갔다. 사회자는 기념식 개시를 알린 후 늘 그랬던 것처럼 A시인의 대표작 「지리산」의 낭송으로 테이프를 끊었다. 그날따라 사회자의 낭송은 낭랑한 울림으로 남산골에 은은히 메아리져 갔다. 시가 낭송되고 곧 이어 발행인의 인사말로 이어졌다.

　"궂은 날씨인데도 자리를 빛내 주셔서 감사합니다. 본지는 150호가 발행될 때까지 실로 가시밭길을 걸어 왔습니다. 120호를 맞아 월간에서 계간으로 바뀐 것은 불가항력적인 사정 때문이었습니다. 여러분의 애정과 강고한 문학정신이 150호를 이어오게 한 것이라

여깁니다.

우리의 자랑과 긍지는 무엇보다도 한글에 있습니다. 우리는 이 한글을 가짐으로써 지구촌에 문화 국민임을 떳떳이 밝힐 수 있습니다. 우리 한글이 그들이 자랑하는 프랑스어나 영어보다도 더 뛰어나다는 것은 세계의 언어학자들도 인정하고 있는 바입니다. 한글로 시를 쓰는 이 나라의 시인들은 어느 나라 시인 못지않게 긍지를 갖는 것도 그 때문입니다. 그러나 아직도 우리나라는 시인에 대한 인식이 미치지 못한 것 같습니다. 한 가지 사례를 들어볼까요. 프랑스에서는 대통령 취임식 때 맨 윗자리에 시인을 앉힌다고 합니다. 왜 그럴까요? 그들이 자랑하는 프랑스어를 구슬처럼 닦고 순화하는 사람이 시인이기 때문에 그런다는 것입니다. 영국은 또 어떤가요. 지난 날 인도를 식민지로 지배할 때, 죽은 셰익스피어와 인도를 바꾸지 않는다고 호언했습니다. 왜 그랬을까요? 셰익스피어는 죽은 언어인 고어古語까지를 캐내어 그의 불후의 작품에 피가 통하는 언어로 생명력을 부어넣었다는 앵글로색슨의 긍지 때문인 것입니다.

그런데 우리의 현실은 어떤가요? 우리는 한강의 기적을 이룬 것처럼 과감히 문화혁명을 일으켜야 합니다. 인간의 존엄과 자유를 확장하는 것과 아울러 시인이 좋은 시를 쓸 수 있는 여건 조성이 이루어져야 합니다. 이 사회의 약자에 대한 보호와 더불어 예술이나 과학적인 창조에 땀 흘리는 이들에게 사회적 보장이 필수인 것입니다. 정치 만능, 경제 만능으로부터 가치의 기준을 새로이 할 때입니다. 우리는 이제 인간의 존엄과 새로운 가치의 창조를 위해 떨쳐나서야 합니다……."

열정에 찬 기념사를 마치자 우레 같은 박수가 터져 나왔다. 이어 초대된 원로시인들의 축사가 있고나서 곧 시낭송으로 들어갔다.

20여 명의 시인이 한 사람씩 단 위에 설치된 마이크 앞에 서서 낭송을 마친 후 마리아가 그 자리에 섰다. 처음으로 모습을 드러낸 시인이기에 모두의 귀와 눈은 그녀에게로 쏠렸다.

창가
지붕을
더듬는
도둑은 아닐 테지

보기 드문 꽃으로
다시 태어나
밤마다 검게 타는
내 가슴을 덮고 있구나

하늘의 별들도 수심되어
뼛속 마디마디 쑤시고 들어와
한밤 내내
잠을 이룰 수 없네

나는 이내 쓰러져
이 그리움

하얀 웃음이 되어
아침까지 피어나고 싶구나

그녀는 떨리는 음성으로 「박꽃」 낭송을 마쳤다. 큰 무대에서의 첫 낭송이라 제 자리로 돌아오는 데 두 다리가 떨리고 있었다.

마리아의 낭송을 끝으로 시낭송의 총평을 위해 초대된 R평론가가 단 위에 올랐다.

"오늘 S문학지 150호 발간을 기념하기 위해 낭송시를 기쁜 마음으로 들었습니다. 이 같은 시낭송이 비단 기념행사뿐 아니라 평시에도 자주 열렸으면 합니다. 왜냐하면 시는 활자를 통해서보다 시인의 육성으로 직접 들을 때 훨씬 효과가 크기 때문입니다. 시는 원래 음악적 요소가 큰 탓에 그렇습니다.

시간관계로 20편이 넘는 작품을 다 언급할 수는 없고, S문학지에 새로 얼굴을 선보이신 마리아님의 「박꽃」에 대해 한마디 한다면, 이 시는 순박한 마음과 애절한 정서가 잘 녹아 있는 시입니다. 이른바 순수시이지요. 이처럼 개인의 애상이나 감정을 표출하는 시는 지난 낭만주의 시대에 많이 씌어 왔습니다. 우리나라에선 김소월, 박용철, 김영랑 등이 주로 썼던 시였습니다. 지금은 주지시, 모더니즘, 전쟁을 겪으며 상황시, 저항시 등 시의 흐름은 수없이 물결치고 있습니다. 새로 시를 쓰는 분들은 문학사에 대한 공부가 있었으면 하는 충고말씀을 드리고 싶습니다. 감사합니다."

  S문학지의 기념행사를 마치고 김밥으로 점심을 대신한 참석자들은 각자 헤어져 행사장을 빠져 나왔다. 행사가 진행되는 동안 줄곧 내리던 빗줄기는 더욱 굵어져 폭우로 변하자 마리아는 일동과 변변한 인사도 나누지 못한 채 택시를 잡아타고 서울역으로 향했다.

  그녀는 대합실에서 비에 젖은 옷을 추스른 후 지하철 1호선을 타고 용산역에서 내렸다. 오후 4시 5분 무궁화호에 몸을 싣고는 기차가 레일 위에 미끄러지기 바쁘게 곤한 잠에 빠졌다.

  백일몽이었을까. 박꽃 같은 하얀 명주옷을 차려 입은 시어머니가 나타나 다정한 눈짓을 보냈다.

  "놀랠 것 없어. 너를 떠난 후 난 편안한 나라에 와 있다. 넌 걱정 없어. 일이 잘 풀려날 텡게. 네 집에 날아든 제비도 네게 기쁨을 주고 있잖니. 다 좋은 징조야. 그런디 얼마 안 있어 네 집에는 또 길조가 있을 거야. 이번 집에 가거든 벌통을 준비해 두거라. 꿀벌이 네 집에 날아들 텡게."

  의자에 기대 백일몽을 꾼 마리아는 선하품을 하면서 이번에는 골똘한 생각에 빠져 들었다.

  '시어머님이 남기고 간 이야기의 속뜻은 무엇일까?'

  그녀는 귀가한 뒤 바쁜 일손을 움직이면서도 그 생각을 떨쳐버릴 수가 없었다.

  이튿날은 새벽에 일어나 서가에 꽂힌 책을 정리하였다. 단행본과 잡지를 선별하여 책장에 꽂고 전에 읽은 책과 앞으로 읽을 책을 구분하여 서가를 정돈했다.

이 같은 서가의 정리는 자신의 마음을 새롭게 하기 위해서요, 그동안 책과의 거리가 멀었던 것도 반성하며 좀 더 가까이 다가가기 위해서였다.

그녀는 책장을 정리하다 말고 벽에 걸린 액자를 물끄러미 바라보았다. 클로드 모네의 '수련'이라는 그림이다. 그 그림 속에는 인상주의 화가답게 빛 에너지와 정화의 아름다움이 담겨 있다. 이 그림에 매료되어 그녀는 두 해 전 수련으로 이름난 보은 강을 찾은 적이 있다. 방죽에 핀 흰 꽃, 노랑꽃, 분홍꽃은 청아한 자태를 자랑하며 붉은 노을을 배경으로 신비감마저 자아내주고 있었다.

그런데 수련은 진흙 속에서 물을 정화시킨다는 것이다. 무엇보다도 여기에는 우리가 배우고 음미해볼 만한 자연의 섭리나 정화의 깊은 뜻이 숨어 있지 않을까. 어쨌든 그녀가 수련을 통해 배운 뜻은 '날이 날마다 새로워진다.'는 것이다. 진흙 속에 뿌리를 내려 물을 정화시키는 수련은 스스로 이를 실현하며 늘 새롭게 하늘의 기운을 받아들이고 있지 않은가. 이러한 정화를 통해 수련은 스스로 새로움을 얻는다는 비밀을 그녀는 비로소 알 것 같았다.

어느 날 현관을 나서는 데 벌떼들이 웅성거리는 소리가 들렸다. 거실 창틀 아래 놓아둔 빈 벌통에 웬 벌들이 잉잉거리며 들랑날랑 야단들이었다. 벌들이 빈 벌통을 찾아 든 것이다.

지난날 남편이 양봉을 할 때 옆에서 도우미 노릇을 했던 그녀는 양봉에 대한 지식을 터득하고 있었다.

꿀벌의 세계는 인간들보다 훨씬 엄격하고 질서정연한 규율에 따라 자율적으로 통제되고 있다는 것도 익히 체득하고 있었다.

벌들이 양봉통에 출입하는 입구에는 일벌들이 지키고 있는데, 이곳은 문지기의 허락 없이 들고 날 수 없다. 일벌은 주야로 맡은 일만을 하는데, 그의 생존기간은 1개월이 고작이다. 한 벌통에는 한 마리의 여왕벌이 있는데, 이 여왕벌 알 크기는 성인의 새끼손가락 3분의 1 정도이며, 여왕벌이 되기 전의 처녀벌은 딱 한 번 밖으로 나가 하늘 높이 날아오른다. 이때 수벌들이 무수히 따라 올라 그중 제일 높이 오른 수벌이 처녀왕벌과 짝을 짓고 그 처녀왕벌은 돌아와 여왕벌이 되고 짝짓기 한 수벌은 이내 죽는다. 이리하여 여왕벌은 4~5년가량 생존한다.

평소 수벌들은 백수로 지내다 처녀왕벌의 교미기에만 공중으로 날아올라 아슬아슬한 경쟁 끝에 제 역할을 다하고 죽어간다. 그런가 하면 1개월 동안 생존하는 암벌들은 부지런한 일벌로 산야를 나돌아 꿀을 따거나 문지기, 수색대 등으로 밖의 정보를 알리는 역할을 한다.

이처럼 꿀벌의 세계는 엄격한 모성사회이며, 원시시대의 인간사회처럼 여왕중심의 절대권력 사회인 것이다.

빈 벌통에 난데없는 벌들이 날아들자 마리아는 주술을 외듯이

"워리 워리." 하며 윙윙거리는 벌떼를 벌통에 맞아들이는 손짓을 하고 있었다.

때마침 이웃집 할매가 집에 들더니 그 광경을 보자 시샘 섞인 말로 주워섬겼다.

"큰 부자 났네. 씨도 안 보이던 제비가 이 집에 들더니 꿀벌까지 웬 복이 한꺼번에 터졌그만."

"금매 말이요, 누가 마다 하것소"

억실억실한 눈매가 더 또렷해진 마리아는 우렁우렁한 목소리로 웃어넘기고 있는데, 고샅을 지나던 남원댁 할매가 금방 뜰 안으로 들어서면서 맞장구를 친다.

"전주댁 서울 갔다 왔담서. 인자 서울 출입꺼정 하니 순창도 좁은가비어."

"금매 말시, 복이 이 집에 다 모여드니 큰 잔치 벌여야것당께."

이웃집 할매가 덩달아 입방아를 찧고 있을 때, 무슨 낌새를 느꼈는지 아낙들이 한둘씩 끼어들고 있었다. 이처럼 삽시간에 동네 아낙들이 모여든 뜰에는 마치 지천에 널린 풀꽃들이 봄볕을 반기는 듯 싱긋빙긋 웃음을 헤뜨리고 있었다.

　　지리산 산행을 했을 때다. 뱀사골을 나와 남원의 한 식당에서 식사를 마치고 차를 마시던 중 한 여성으로부터 제비 이야기를 듣는 순간, 『한 여자』 집필의 영감이 떠올랐다.

　　반세기 전, 제비는 우리나라를 찾는 철새 중 길조로 알려져 왔다. 그런 새가 어언 희귀 새가 되어버렸다. 순창 지북리 마리아의 집에 제비가 둥지를 트는 데서 이야기는 시작된다.

　　7대째 가톨릭 집안에서 태어난 마리아의 본명은 황귀례. 마리아는 영아 세례명이다.

　　처녀시절 첫사랑의 실패 후 여고를 중퇴하고 10여 년간 양장점 경영에 나섰으나, 세월만 날리고 노처녀 신세가 되었다. 부모의 성화에 고장의 성당에서 혼배성사를 올린 중매결혼은 오래지 않아 합의 이혼에 이른다. 한동안 고뇌의 나날을 보내면서 시를 쓰게 되고, 오로지 아들에게 한 가닥 희망을 건다.

　　어느 날 어머니를 따라 충북 음성의 '꽃동네' 기념행사장에 가는데, 기이한 장애인들을 보고 크게 충격을 받는다. 그녀는 관 속 체험 등을 하며 귀가 후엔 남편과 상의 없이 '사랑의 장기 기증서'를 오웅진 신부에게 보낸다. 그만큼 부부 사이는 엇박자의 연속이었다.

새 사람으로 환골탈태한 마리아는 마침내 남편과 합의 이혼하고 낮에는 일용노동자, 밤에는 다슬기 잡이 등으로 새 삶을 일구어 간다.

그동안 아들은 튼실히 잘 자라 해군사관생이 되고, 매달 일정액을 적금하는 등 그녀의 장래 목표는 예정대로 진행되고 있었다.

그녀는 시를 써서 중앙의 S지에 등단하는데, 그즘 고장의 문학지에 작고시인 '김영' 특집을 보고 적잖이 놀란다.

제2부 들어 시간의 추는 50여 년 전으로 돌아가 9·28 수복 후 회문산의 역사편력을 하게 된다. 이후 S문학사의 동북아 기행에 참가한 마리아는 간도의 윤동주 생가 순례를 마치고 돌아오면서 스스로 인생의 분수령에 와 있음을 깨닫는다.

이 책은 마리아의 반생을 그린 모델소설이다. 독자 여러분의 애정 어린 관심과 채찍 있으시기를 바랄 따름이다.

2012년 정초
牛堂 안 도 섭

전남도문화상(시부 · 1959)

1958년 『조선일보』, 『평화신문』 신춘문예로 등단

한글문학상 본상수상(1994)

탐미문학상 대상수상(1997)

허균문학상 대상수상(1999)

雪松문학상 대상수상(1999)

한민족문학상 대상수상(2001)

한국글사랑문학상 대상수상(2009) 외

▶ **시집**

『地圖속의 눈』(1959)

『풀잎序章』(1984)

『하늘을 아는 사철나무』(1986)

『어느 火刑日』(1987)

『사랑을 말하라면』(1988)

『일억의 눈동자와 사랑을 위한 百의 노래』(1989)

『살아있다는 기적』(1990)

『내 얼굴 벌거벗은 혼』(1991)

『나무나무와 분홍꽃 아카시아는』(1991)

『아침의 꽃수레 타고』(1994)

『지리산은 살아있다』(1999)

서사시집『새야 녹두새야』(개정판 2002, 우수문학도서)

『돌에도 꽃이 핀다 했으니』(2004)

『파고다의 비둘기와 색소폰』(2009)

대하서사시집『아, 삼팔선』(전4권)(2007) 외

▶ 에세이

『한 잔의 찻잔에 별을 띄우고』(1986)

『책과 어떻게 친구가 될까』(1993)(우수문학도서)

『스푼 한 숟갈의 행복』(1993)

『문장작법 101법칙』(1995)

『윤동주 평전』(2006)

▶ 소설

장편『한씨一家의 사람들』(1983)

콩트집『암수의 축제』(1985)

장편소설『녹두』(전3권)(1988)

창작집『방황의 끝』(1996)

역사소설『김시습』(1998)

장편소설『개성 아씨』(2010)

소설집『청춘의 수첩』(2010)

장편 실명소설『명동 시대』(2011 문화체육관광부 우수교양 도서 선정) 외

한 여자
ⓒ 안도섭 2012

초판 인쇄 2012년 3월 29일
초판 발행 2012년 4월 9일

지은이 안도섭
펴낸이 최종숙
책임편집 임애정 | **편집** 이태곤 전희성 | **디자인** 안혜진 | **관리** 이덕성
펴낸곳 글누림출판사
출판등록 제303-2005-000038호(등록일 2005년 10월 5일)
주소 서울 서초구 반포4동 577-25 문창빌딩 2층(우137-807)
대표전화 02-3409-2055 | **팩스** 02-3409-2059 | **전자우편** nurim3888@hanmail.net
누리집 http://www.geulnurim.co.kr
정가 10,000원
ISBN 978-89-6327-187-3 03810